나를 움직인 문장들

10년 차 카피라이터의
인생의 방향이 되어준 문장

나를
움직인
문장들

오하림 지음

샘터

。

유병욱
TBWA KOREA 크리에이티브 디렉터

몇 년 동안 오하림을 곁에서 지켜보면서 든 생각
은, 그녀에겐 수많은 단어와 물건들 사이에서 매력
적인 것을 골라내는 능력이 있다는 것이다. 회의 시
간, 그녀가 골라 책상 앞에 툭 내려놓는 문장은 분명
그전까지 팀원들의 입에 오르내렸던 단어들의 조합
이었음에도 회의실의 공기를 환기시키는 힘이 있었
다. '이 단어가 이런 단어였어?'

그녀가 요즘 듣고 있다며 인스타그램에 올리는 노
래는, 저 사람은 평소에 어디서 뭘 듣고 다니기에 저
런 노래들을 주워오는지 궁금한 마음이 들 만큼 신
선했다. 나는 그녀가 추천하는 노래라면 묻지도 따
지지도 않고 내 플레이리스트에 옮겨 담는 중이다.

회의 시간에 그녀는 아무리 생각해도 자기 눈에

별로인 아이디어에는 딱히 말을 덧붙이지 않다가 가끔 "오~ 재밌을 것 같아요" 한마디를 내뱉는데, 그녀의 리액션을 받은 아이디어들은 훗날 실제로 대중들의 사랑을 받을 확률도 높았다. 나는 그녀의 능력을 알차게 활용해 괜찮은 광고들을 온에어시키고, 경쟁 프레젠테이션을 이기고, 상도 받았다.

그녀의 책 《나를 움직인 문장들》은 말하자면, 그녀가 살면서 만난 수없이 많은 문장 중에 각별했던 것들을 골라 이리저리 굴리고 들여다보다가 그녀만의 생각을 더해 내놓은 것이다. 이 책 안에 얼마나 아름다운 문장들과 생각들이 담겨 있을지에 대해서는 이견의 여지가 없다. 나는 그저 계속 놀라고 싶을 뿐이다. '이 영화 속에 이런 대사가 있었어?', '이 예능에 이런 멋진 관점이 있었어?', '이 배우가 이렇게 매력적으로 생각하는 사람이었어?' 혼자만 알고 있기엔 지나치게 사치스러웠던 오하림의 안목과 문장을, 이제는 더 많은 사람이 알게 되겠구나 하는 생각에 그저 기쁠 뿐이다.

。
박소희
hinok(희녹) 대표

한 해를 돌아보는 연말엔 이뤄낸 것보다 이뤄내지 못한 것들을 생각하며 마음이 분주해지는데, 늘 타이밍 좋게 이맘때쯤 '나를 움직인 문장들'이 도착한다. 정성스레 만든 그것을 한 장 한 장 넘길 때마다 부족한 모습보다는 이뤄낸 것들, 누군가에게 베풀었던 선한 일들에 집중하게 되고, '올해도 잘 살아냈구나' 하며 스스로를 기특하게 여기는 마음마저 든다.

핵개인의 시대에 꼭 필요한 능력은 친절함이라고 하는데, 이 책은 나 자신을 다정하고 친절한 사람으로 만들어준다. 한마디로 다정함이 담뿍 묻어 있다. 그래서 덩달아 나도 다정해지고 싶게 한다.

카피라이터 오하림의 모습도 책과 포개져 있다. 그녀가 평소 쓰는 말과 문장은 그녀가 수집하는 문장과 닮아 있다. 새로운 한 해를 준비하고 있는 지금 나에게 더 다정한 사람이 되고자 하는 사람들에게 이 책을 권하고 싶다. 읽고 이 중 마음을 움직인 문장들을 기록하다 보면 어느새 이 문장들처럼 마음도 달라져 있을 테니까.

여는 글

나는 스무 살 때부터 문장을 모으는 습관이 있었다. 지독하게 나쁜 기억력 때문에 반은 강제로 시작한 습관이긴 했지만.

책, 영화, 드라마, 예능, 간판, 전단 문구 등 그 출처는 정말 다양했다. 지금은 카피라이터라는 글 쓰는 일을 직업으로 삼고 있기 때문에 아이디어가 고갈될 때가 종종 있는데, 그때마다 문장들은 리프레시 역할을 하기도 하고, 심심한 지하철 이동 시간을 즐거움으로 채워주기도 한다.

문득 모아왔던 수천 개의 문장을 놓고 보니 나만 보기에 아깝다는 생각이 들었다. 그렇게 몇 년 전부터 나는 매년 돌아오는 나의 생일에 문장을 엮어 책 형태로 제본해 친구들에게 선물하는 연례행사를 치른다. 본인의 생일에 남에게 선물하는 이유를 사람들이 물어오면, 서른네 살의 오하림을 만든 건 주변의 좋은 친구들 덕분이기 때문이라고 말한다. 그리고 그 선물은 우연한 기회로 좋은 편집자님을 만나 이렇게 세상에 나오게 되었다.

거창하게 소개했지만 어쩌면 기대보다 평범한 문장들일 수도 있다. 몇 마디로도 가슴을 울리는 문장도 담았지만 어느 예능 프로그램 게스트가 무심코 내뱉은 평범한 한마디도 담았다. 그러나 나에겐 구글에서 찾을 수 있는 명대사보다 살아서 떠다니는 평범한 말이 더 값지다. 우리는 가끔 평범하거나 당연한 것들의 가치를 잊고 살기도 하니까. 평범한 문장들은 그 사실을 상기시켜준다.

책 제목에는 이유가 있다. 책 속의 모든 문장은 '나를 움직인 문장들'이다. 나의 감정을 움직였고, 나를 당장 행동하게도 했다. 하나의 진리만 알던 나의 생각을 바꿔준 문장도 있고, 나를 반성하게 만든 문장도 다수다. 이렇게 평범한 문장들이 모여 이렇게 한 사람을 바꾸고, 움직이고, 변화시키기도 한다.

　내 보물상자 속 문장들이 이제 책으로 엮여 세상에 나왔다. 이 문장들이 어떤 방식으로 당신을 움직이게 될지는 이제 읽는 사람의 몫이 되었다. 전부는 아니더라도, 이 책의 어딘가 당신의 문장이 하나쯤은 있길 바란다.

차례

대세의 흐름을 따르지 않고
나만의 방향을 만드는 힘.
내 세계를 스스로 구축하는 뿌듯함.
좋은 것을 알아보는 안목이 있다는 기쁨.
취향이 있는 사람에겐
이런 주체적인 기쁨이 쌓인다.

난 말주변이 없어서 상대를 초조하게
만들어. 혼자만의 시간이 많았던 탓일까?

영화 〈더 코다이 패밀리〉

세상엔 스피커가 안을 향하는 사람도 있다 '외로운 건 싫지만, 혼자만의 시간을 보내는 건 좋아한다. 나와 맞지 않는 사람이라 느끼면 몸이 먼저 알고 문을 닫아버린다. 하지만 진심으로 통하는 친구에겐 시끄럽다는 소리를 들을 정도로 말이 많아진다.' 이건 내 성격을 설명한 문장들이다.

나는 8년간 광고회사를 다녔다. 재능이 많고, 그것을 겉으로 표현하기 좋아하며, 술과 여흥을 즐기는 사람들이 많은 그곳이 나는 능력 있는 핵인싸와 관종의 천국 같아 보였다. 그 한가운데서 나는 비교적 조용하고 내향적인 사람에 속했다. 하지만 관심받는 걸 싫어하진 않았다. 다만 '나'보다 '내가 만든 것'에 대한 관심을 더 즐길 뿐.

문제는 그곳에서의 생활이었다. 나에게는 부장님이 쏘아 올린 농담을 맞받아쳐 폭소를 자아내게 할 센스, 커피 타임 중간에 찾아오는 정적을 활기차게 바꾸는 능력, "어제 잘 들어가셨어요?", "주말엔 뭐 하셨어요?"라는 인사를 능숙하게 건네는 기술이 부족했다. 그 누구도 그래야 한다 강요한 적은 없지만, 나는 늘 이런 능력이 출중한 사람들을 부러워해왔기 때문에 조금 부족한 외향성은 나의 결핍이 된 지 오래다.

영화 〈더 코다이 패밀리〉의 주인공은 나처럼 말주변이 없고 소심한 사람이다. 그런 탓에 회사 생활에 크고 작은 괴로움을 겪는다. 상대방의 기대에 부응하지 못하는 자신의 태도가 주변 분위기를, 그리고 상대방을 힘들게 한다고 생각한다. 결국 그녀는 상대방을 향해 먼저 벽을 쌓고, 사방으로 친 벽 속에서 늘 혼자만의 상상으로 스스로를 달랜다.

말주변이 없어 상대를 초조하게 만드는 게 단점이었던 주인공은 결국 스스로 단점이라고 생각했던 모습을 빛나는 장점으로 제대로 알아봐준 상대를 만나고 영화는 행복한 결말을 맺는다.

영화를 보는 내내 나의 이야기 같다고 생각했다. 화려한 말솜씨로 당장 자기 생각을 술술 펼쳐 놓을 용기는 부족하지만, 할 말을 고르고 고른 뒤 답을 내

놓는 사람도 있다는 것을 누군가가 알아봐준 기분이었다. 스피커의 방향만 다르다 뿐이지 우리 같은 사람이 속으로 얼마나 많은 이야기를 하는데.

영화 속 주인공이나 나 같은 사람의 스피커는 안을 향해 있다. 남보다는 자신에게 할 말이 많아서, 끊임없이 질문하고, 확인하고, 시간이 더 걸리더라도 한 번 더 고민하는 과정이 편한 사람인 것이다. 사람들이 단순하게 소심하고 내향적이라 부르는 그런 사람. 하지만 다른 장점이 분명 있는 사람. 세상에는 그런 사람도 있다.

나의 정체성을 부여하는 나만의 것,

나만의 취향.

예능 〈대화의 희열〉 지코 편

10년 쓸 테이블을 고르면서 10년의 행복까지 가늠
해본다   취향의 즐거움과 숭고함을 어느 때보다
알아주는 시대다. 유행이라는 큰 시대 흐름도 중요
하지만 저마다의 선택으로 자기만의 세계를 만들어
가는 기쁨을 아는 사람이 많은, 그래서 즐거울 일도
많은 시대.

나는 광고회사를 다니면서 여러 브랜드와 함께 일
을 해왔다. 특히 카피라이터는 브랜드의 철학과 제
품의 스토리를 뜯어보는 일을 주로 하는데 그러면서
어떤 브랜드와는 사랑에 빠지기도 했고, 오랜 가치
와 깊은 이야기가 담긴 브랜드엔 존경의 마음을 갖
기도 했다. 그래서일까. 어느새 내 취향은 수많은 브
랜드로 꽉 채워져 있었다.

언젠가 이사를 하면서 가구를 살펴보던 중 핀란드
건축가 알바 알토가 디자인한 아르텍(Artek) 테이블
이 눈에 들어왔다. 난 컬러 감각은 별로라 집을 하얗
게 꾸밀 예정이니까 흰 테이블로 선택. 하얗고 넓은
테이블은 밝은 느낌을 주기 때문에 서향이라 다소

어둑한 우리 집의 분위기를 적절히 올려줄 것이다. 조금 비싸지만, 비싸니까 10년 쓰면 된다. 그리고 매일 보는 물건일수록 예쁘면 더 좋다.

이사를 하고 난 뒤로는 출퇴근 시간이 전보다 늘었는데, 이는 음악을 들어야 할 시간이 늘어났다는 뜻이므로 다시 음원 서비스를 구독하기 시작했다. 3개월 무료 이벤트에 혹해 애플뮤직을 선택했다. 애플뮤직은 홈 화면이 top 100이 아니라 나의 보관함을 먼저 보여준다. 거기서 '둘러보기'를 누르면 오늘 나온 전 세계 뮤지션의 신곡, 무드별 에디터의 추천 음악 등 새로운 장르를 발견할 수 있다. 덕분에 요즘은 새로운 노래를 찾는 재미에 빠져 산다.

10년 쓸 테이블을 고르면서 10년의 행복까지 가늠해보고, 좋아하는 음악을 플레이리스트에 담으며 그날의 기분을 정리한다. 사소하지만 나의 취향을 단단하게 쌓아가는 일은 이렇게 뿌듯하고 즐겁다.

다른 사람들이 어떻게 바라보는가로 나를 규정했던 지난날과 비교해 지금은 다른 사람이 알아주지 않아도 충분히 행복하다. 내가 알아주는 좋은 물건들로 내 방을 천천히 채워간다. 오래 사랑받은 물건, 군더더기 없이 충분한 물건, 나무가 주는 따뜻한 기운을 품은 물건. 그런 물건으로 가득한 나만의 방과 그 방에 잘 어울리는 사람이 되고 싶은 나. 이렇게 내 주변의 물건들은 나를 말해주고, 그것들로 나만의 정체성을 완성해나간다.

대세의 흐름을 따르지 않고 나만의 방향을 만드는 힘. 내 세계를 스스로 구축하는 뿌듯함. 좋은 것을 알아보는 안목이 있다는 기쁨. 취향이 있는 사람에겐 이런 주체적인 기쁨이 쌓인다.

겨울의 추위는 힘들지만

춥지 않으면 만들 수 없는 음식도 있다.

추위도 소중한 조미료 중의 하나다.

영화 〈리틀 포레스트 : 여름과 가을〉

받아들이면 담담해진다　　추운 겨울 문밖에 걸려
있는 무말랭이를 바라보며 〈리틀 포레스트 : 여름과
가을〉의 주인공 이치코가 무심히 던진 문장이다.

농사짓는 사람에게 언제나 쨍쨍한 햇빛과 비옥한
땅이 있다면 좋겠지만 겨울은 피해갈 수 없는 계절
이다. 이치코는 그 사실을 담담하게 받아들이고 도
리어 겨울의 추위도 유의미한 어떤 것으로 만들어버
린다.

누군가가 이야기했던 '흔들리고 아파야 청춘'이라
는 말은 많은 사람이 듣기 힘들어했지만, 조심스럽
게 말하자면 100% 틀린 말은 아닐 수도 있다. 아마
아픔과 시련이 성장을 가져다주기도 한다고 말하고
싶었을 것이다. 그렇다면 아픔과 시련을 앞에 두고
성장할 수 있는 동력은 어디서 나오는 걸까?

근육이 만들어지는 원리를 살펴보면 쉽게 이해할
수 있을 것 같다. 근육은 근섬유라 불리는 세포로 구
성되어 있고, 근섬유는 여러 개의 실과 같은 근원섬
유로 이루어져 있다. 운동으로 평소 쓰던 수준 이상

의 자극이 가해지면 근원섬유에 상처가 생긴다. 이 때 상처를 입은 근원섬유는 스스로 재생하며 회복하는데, 이 과정에서 전보다 더 단단해지게 된다. 이 상처 재생의 과정에는 우리가 근육통이라 부르는 통증도 동반된다. 다시 말해, 근육은 상처로 인해 더 단단해진다. 또다시 말하면 상처가 생기지 않으면 단단해질 수 없다.

근육 생성 과정을 보니 피하고만 싶었던 상처가 왠지 자연의 섭리 같기도 하고 피할 수 없이 받아들여야 하는 진리 같기도 하다. 그렇다고 허무하지만은 않다. 상처만 받고 끝이라면 너무 슬프겠지만 아무는 과정에서 멋진 근육을 얻을 수 있다면 손해 보는 장사는 아닐 테니.

받아들이는 순간, 담담해진다. 나아가 상처와 시련을 마주했을 때 그것을 성장의 기회로 이용해버리는 나의 모습까지 상상해본다. 시련 따위, 상처 따위 담담하게 받아넘기는 멋진 모습을.

누군가에겐 춥고 척박하기만 한 겨울이라는 계절

이 이치코에게는 맛있는 무말랭이를 만드는 시간이
된 것처럼.

저를 우습게 생각하시는 분들도 많을 거예요.

그런데 저는 제가 다른 분들에게

어떻게 보이든 중요하게 생각하지 않아요.

저는 이런 식으로 제 자존감을 갖는 편이에요.

남한테 보여지는 자동차, 옷, 구두, 액세서리

이런 것보다도 제가 늘 베고 자는 베개의 면,

내가 매일 입을 대고 먹는 컵의 디자인,

매일매일 내가 지내는 내 집의 정리 정돈.

여기서부터 자존이 시작되는 것 같아요.

예능 〈홍김동전〉 홍진경

그런 것들이 정돈되고

그런 것들로 매일을 채워나가다 보면

나중에는 나 자신에 대한 자존이 쌓여서

내가 내 이름을 걸고 하는 일,

나한테 맡겨지는 일, 모든 것을 정말 예쁘고

퀄리티 있게 잘할 수 있게 돼요, 결국에.

나의 자존을 만드는 것   홍진경을 그저 재미있고 무던한 사람으로만 봤다면 이 문장을 꼭 곱씹었으면 한다. 늘 예능에서 당하는 쪽에 서 있고 가끔은 무시 당하거나 웃음의 대상이 되는 게 개그맨의 역할이라 지만, 한 대학생은 홍진경의 단단한 자존을 알아채 질문을 던졌고, 이에 그녀는 멋진 답변을 내놨다.

우리는 늘 자존을 밖에서 찾고 누군가에게 요청한 다. 하지만 자존은 속으로부터 쌓아나가는 것임을, 우리는 사실 알고 있다. 그러니 멋들어진 자동차보 다 내가 매일 쓰는 베개의 면이 중요한 것이다. 어쩌 면 자존은 세상에 내보일 필요가 없는 속성을 갖고 있는 게 아닐까. 연필 속의 단단한 흑심처럼 말이다.

많은 정신과 의사들이 우울을 벗어나기 위해 이불 정리부터 시작하라고 한다. 어렸을 때부터 엄마에게 들었던 잔소리 비슷한 문장이라 사실 와닿지는 않았 다. 그런데 돌이켜보면 홍진경의 말과 다르지 않다. 내가 늘 사용하는 공간을 가꾸고, 정돈하고, 내가 통 제한다는 의식이 생기면 거기서부터 내 안의 단단한 심지가 세워진다는 말이었던 것 같다.

이효리의 남편 이상순이 의자를 만들며 의자 바닥 부분을 공들여 마무리하는 걸 보고 이효리는 "보이지도 않고 아무도 모르는 부분을 뭘 그렇게 공들여"라고 핀잔했는데 뒤이은 이상순의 대답이 참 멋있었다. "내가 알잖아." 자존은 이런 것이다. 자존에 타인은 필요 없다. 내가 아는 나만의 완성도를 쌓아나가는 행위. 만약 의자 밖의 어떤 장식이었다면 더 신경이 쓰일 수밖에 없었을 것이고 그게 멋진지, 색깔이 어떤지 계속해서 평가를 받았을 것이다. 하지만 자존의 위치는 밖이 아니라 안에 있다는 것.

홍진경의 말처럼 그 사소하고 나만 아는 것들이 쌓이는 게 자존을 쌓아나가는 일임을 다시금 느꼈다.

어떤 사람의 엄청난 장점은
뒤집어서 정확한 지점에 단점이 같이 있어요.
섬세함이 누군가를 챙겨주고 배려하고
글을 쓸 때는 엄청난 장점이지만,
제가 예민한 사람이기도 하단 말이죠.
자기 스스로에 대한 인정이 필요해요.
모든 걸 뒤집어 볼 줄 알면 스스로에 대해
힘들어하는 면들을 훨씬 더 유연하게
받아들일 수 있을 거라고 생각해요.
사람들은 이미 자기가 가지고 있는
것들을 못 보고 반쯤은 포장이 된 채로
뜯지 않고 살아가고 있는 것 같아요.

유튜브 〈헤럴드스토리〉 김이나 작사가 인터뷰

단점의 뒷면에는 장점이 있다   30대가 익숙해지는 요즘, 달라진 점이 있는지 묻는다면 "미운 사람이 약간 줄어들었다"고 말하고 싶다. 완벽하지는 않지만 사람들을 대할 때 '그럴 수도 있다'는 선택지가 생겼기 때문인데, 더 자세히 이유를 말하자면 어느 동료의 예민함이 모두가 놓치는 포인트를 잡아주는 섬세함으로 발현되는 걸 목격했고, 말수가 적었던 사람이 대화할 때 느리지만 더 좋은 단어를 고른다는 것을 눈치챘기 때문이다.

어렸을 땐 당연히 내 코가 석 자라 주변을 공들여 살필 여유가 없었다. 그래서 표면적인 모습만 보고 판단하기 십상이었다. 그래서 저 사람은 싫은 사람, 저 사람은 좋은 사람이라며 심플하게 나눌 수 있었는데 지금의 나는 또 달라진 셈이다. '내가 저 동료와 하나의 프로젝트를 같이 했다고 해서 그 사람의 모든 면을 다 안다고 말할 수 있을까?'라는 생각이 들기 시작했다.

예민함은 보통 섬세함으로 이어져 있고, 반대로

둔한 듯한 감각은 무던하고 좋은 성격으로 또 이어져 있다. 둘 중에서 어느 게 좋다고 말할 수 없다. 이렇게 장단점은 공존하는 것이고 자연스레 이어져 있는 것이다. 마치 어떤 사람을 평평한 A4용지라 생각했는데 알고 보니 끝과 끝이 붙어 있는 원통 모형이었던 셈. 이 성질은 보아하니 앞뒷면이 없고 언제 어느 방향으로 보느냐에 따라 달라 보인다는 사실을 깨닫게 된 것이다.

이 발견은 나에게도 적용할 수 있다. 스스로가 너무 예민하게 느껴지거나 자신의 한 가지 성질만으로 힘들어하는 사람이 있다면 그 성질이 어떤 좋은 일을 할 수 있는지 한번 다른 방향에서 보는 것을 제안하고 싶다. 분명 그 성질이 유효한 지점이 있을 것이다. 이렇게 조금 다르게 바라보는 것만으로 우리는 예민하기만 한 사람, 말이 너무 없는 사람으로 불리던 지난날로부터 자유로워질 수 있다.

누군가가 나쁘다, 잘못됐다는 판단은 생각보다 자주 하게 된다. 그럴 때면 그 사람을 뒤집어 보는 습관을 들여보자. 그래도 싫은 사람은 언제나 존재하겠지만, 조금이나마 대부분의 사람을 이해해볼 수는 있지 않을까. 그 사람을 다른 각도에서 쳐다보며 내가 보지 못한 포장을 하나하나 뜯어가는 재미를.

취미라면, 진심으로.

취미는 언제나 나로부터　　나는 언젠가 남에게 뽐낼 수 있는, 소개하기에 멋진 취미를 가지고 싶었다. 그저 흘러가버리는 일상이 아깝기도 했고, 멋진 도시인의 여유를 뽐내고 싶은 마음도 컸다. 부끄럽지만 보여주기식 취미를 찾아 나선 지 몇 년이 지난 지금, 나를 말해주는 멋진 취미는? 결국 찾지 못했다.

고백하자면 취미에도 수준이 있다고 생각했다. 지금은 밥 먹는 것부터 노는 것까지 모든 것을 공유하는 시대고, 또 그렇게 보여지는 모습으로 내가 정의된다고 여겼기 때문에. 그래서 취미를 고르는 것조차 남에게 어떻게 보일까를 제일 먼저 고민했던 것.

기타를 연주하면 매력적으로 보이겠지, 사진을 즐겨 찍는다고 하면 재능이 있어 보이겠지, 독립 영화를 즐겨 본다고 하면 자신만의 신념이 뚜렷한 사람 같아 보이겠지, 하면서 말이다. 그렇게 일단 사놓고 SA급 중고로 팔아버린 기타와 피아노와 카메라가 몇 대인지…. 중고나라를 아주 평화롭고 활기차게 성장시킨 주범 중 하나가 바로 나일 것이다.

그렇게 여러 가지 취미 사이에서 방황하던 어느 날, 메모를 하기 위해 에버노트를 켰다. 나는 심경의 변화가 있을 때면 에버노트에 다다다다 글을 쓰는 것으로 화를 풀곤 했다('에버노트'라 쓰고 '데스노트'라 읽는다). 그러다 나의 이 시각화된 울분들을 그냥 쌓아두기가 아까워 글 쓰는 플랫폼에 올렸는데 생각보다 많은 사람이 내 생각에 공감해주었고, 심지어 출판 제의까지 받게 되었다. 그때의 감정을 담은 길고 짧은 글을 쓰는 일은 규칙적이진 않지만 내가 잊지 않고 지속해온 일 중 하나였다. 이제 와 생각해보면 나는 글 쓰는 취미를 이미 갖고 있었던 것이다.

　나를 말해줄 멋진 취미는 '무엇을 할까'보다 '무엇을 하고 있나'를 기준으로 봤을 때 아주 쉽게 발견할 수 있었다. 나에게 없는 것을 새로 만드는 것이 아니라, 언젠가부터 늘 하고 있던 것을 취미라 부르는 게 옳은 순서였는지도 모르겠다. 인위적으로 만든 취미는 중고나라의 새로운 매물을 늘릴 뿐이었다.

　진짜 취미는 애서 만드는 것이 아니라 이미 가진

것에서 발견하는 것이다. 그리고 그 안에는 내가 있
어야 하고, 진심이 있어야 한다.

저 김병국은 85세입니다.

전립선암으로 병원 생활을 한 지 1년이

넘었습니다. 병세가 완화되기보다는 조금씩

악화되고 있습니다. 전립선암이 몸 곳곳에

전이가 되었습니다. 소변 줄을 차고

휠체어에 의지하고 있습니다만

정신은 아직 반듯합니다.

죽지 않고 살아 있을 때 함께하고 싶습니다.

김병국 님이 직접 쓴 부고장

제 장례식에 오세요.

죽어서 장례는 아무 의미가 없습니다.

여러분의 손을 잡고 웃을 수 있을 때

인생의 작별 인사를 나누고 싶습니다.

감사의 인사를 전하고 싶습니다.

화해와 용서의 시간을 갖고 싶습니다.

고인이 되어서 치르는 장례가 아닌

임종 전 가족, 지인과 함께

이별 인사를 나누는,

살아서 치르는 장례식을 하려고 합니다.

검은 옷 대신 밝고 예쁜 옷 입고 오세요.

같이 춤추고 노래 불러요.

능동적인 마침표를 찍고 싶습니다.

능동적인 마침표　　이 문장은 어느 날 페이스북을 하다 발견한 한 인터뷰 기사 속, 사연의 주인공이 직접 쓴 부고장의 내용이다. 살아서 하는 장례식이라니, 장례식은 절차상 죽음 뒤에 있는 것 아니었던가?

장례식은 누군가의 죽음을 추모하며 남겨진 사람들의 슬픔을 달래는 절차라고 생각했다. 하지만 김병국 씨는 조금 달랐다. 생각해보면 내가 죽은 뒤에 나의 장례식에 어느 누가 온들 내가 어찌 알겠는가? 참석한 내 지인들이 내게 못다 한 말은 또 얼마나 많을 것이며, 모든 것이 얼마나 아쉬울까? 사랑하는 사람들이 나의 장례식에서 비통한 표정으로 눈물만 흘리고 있는 모습을 상상하면 너무 슬프다. 나는 죽어서 보지 못하겠지만 아마 그럴 테니.

생전 장례식은 그런 아쉬움을 해결할 수 있지 않을까? 김병국 씨는 능동적인 마침표를 찍고 싶다고 말했다. 검은 옷 대신 형형색색 예쁜 옷을 입고 와달라 청했고, 같이 춤추고 노래 부르자고 제안했다. 그래, 마지막으로 사랑하는 사람들의 얼굴을 볼 기회가 주어진다면, 이왕이면 예쁜 옷을 입으면 좋을 것 같다. 예쁜 옷을 입고 웃는 모습이면 더 좋겠고, 그러면 모든 걸 용서하고 못 했던 말을 나눌 수 있을 것 같다.

우리는 신이 아니기에 죽음을 막을 수 없지만, 사람이기에 죽음을 준비할 수는 있다. 내가 스스로 찍을 수 있는 능동적인 마침표. 김병국 님의 마침표는 지켜보는 나의 마음을 한동안 고요하게 만들었다.

진지함엔 위트를, 사소함엔 의미를.

엘르 코리아 30주년 슬로건

진지한 인생엔 위트를　　나는 진지하고 사소한 것을 좋아하지만, 동시에 진지하기만 하고 사소하기만 한 것은 싫어한다. 잡지사 엘르의 슬로건으로 쓰인 이 문장은 내 인생의 모토이면서 내가 사랑하는 사람들의 특징이기도 하다.

진지함은 나와 상대를 존중하는 태도로 발현되는 성질이고, 위트는 상대나 대화를 혹은 자신을 즐겁게 하고자 하는 따뜻한 마음으로부터 나온 성질이라고 나는 해석한다. 그러니 이 둘의 적절한 배합은, 괜찮은 인생의 레시피이기도 한 것이다.

진지함과 위트라는 이 어울리지 않는 간극은 아름다운 인생의 위치 에너지를 만들어낸다. 너무 진지하게 인상을 쓰고 있다면, 사소한 일을 가볍게 넘기고 있다면, 이 문장을 새겨보면 어떨까.

구조기술사는 그 디자인대로 건물이
나오려면 어떤 재료로 어떻게 만들어야
안전한가, 계산하고 또 계산하는 사람이야.
말 그대로 구조를 짜는 사람.
모든 건물은 외력과 내력의 싸움이야.
바람, 하중, 진동… 있을 수 있는 모든 외력을
계산하고 따져서, 그보다 세게 내력을
설계하는 거야. 아파트는 평당 300kg 하중을
견디게 설계하고, 사람이 많이 모이는
학교나 강당은 하중을 훨씬 높게 설계하고.
한 층이라도 푸드코트는 사람들 앉는 데랑,
무거운 주방 기구를 놓는 데랑
하중을 다르게 설계해야 되고.

드라마 〈나의 아저씨〉 8화

항상 외력보다 내력이 세게.

인생도 어떻게 보면 외력과 내력의 싸움이고.

무슨 일이 있어도 내력이 세면 버티는 거야.

마음의 내력　　나는 마음에 자주 지진이 일어나고 가끔 무너지기도 한다. 이 문장을 보니 나는 마음의 내력이 약했던 것 같다. 한 사람을 건물이라고 생각하니 쉽게 와닿는다.

이 문장으로 무엇이 놓이고 어떤 행동을 할지에 따라 내력이 다르게 설계된다는 걸 알았다. 그리고 무너지지 않으려면 버틸 정도의 무게만 감당해야 하는 것도. 이를 일이나 일상에 대입해보면 더 쉽게 와닿을 것 같다. 중요한 프로젝트 앞에서는 더 단단한 마음가짐으로, 어렵지 않고 빠르게 해결해야 하는 문제에는 마음을 쓰지 않아야겠지. 사람과의 관계에 있어서도 강한 사람을 대할 때는 강하게, 약한 사람은 한없이 부드럽게 대해야 한다는 것. 진리도 이와 같은 맥락일 테고.

이렇게 마음의 내력을 상황과 상대에 따라 유연하게 사용할 수 있다면 무너지는 일 없이 잘 버틸 수 있지 않을까. 너무 잘 무너지는 내 마음이 약하다고 생각했지만, 나에게 필요한 건 강함보다 유연한 내력이었나 보다.

무슨 일이 있어도 마음의 내력이 있다면 버틸 수
있다. 그 시공사와 입주자는 모두 나 자신이다. 튼튼
하게 철근 누락 없이 잘 지어봐야지.

50년간 15만 명을 돌본 정신과 의사는 말한다.
"살아보니 인생은 필연보다 우연에 좌우되었고
세상은 생각보다 불합리하고 우스꽝스러운
곳이었다"고. 그래서 "산다는 것은 슬픈
일이지만, 사소한 즐거움을 잃지 않는 한
인생은 무너지지 않는다"고.

〈조선일보〉 '김지수의 인터스텔라' 이근후 편

인생은 사소함의 합   당연한 소리지만, 우리는 자신의 인생만을 살아간다. 남의 인생을 깊이 들여다볼 일은 드라마나 영화를 볼 때 정도일까. 그런데 그 드라마 같고 영화 같은 순간은 인생에서 있을까 말까 한, 가장 돌출되는 특별한 상황의 한 조각을 보여주는 것이다. 그런 콘텐츠들로 우리는 종종 오해를 한다. 화려하고 운명적인 것이 있어야만이 좋은 인생의 모습이라고 말이다. 걸음이 느린 노인을 부축하느라 면접에 늦었는데 알고 보니 회장님이었다거나, 요즘 젊은이답지 않게 대기업에서 청소일을 하다가 아이돌 출신 배우 같은 실장님의 눈에 띄어 사랑에 빠진다거나.

이 끝나지 않는 인생에 대한 오해로 우리는 사소함보다 일시적인 이벤트에 집중이나 기대를 하게 된다. 하지만 한 정신과 의사는 인생은 우연의 연속이고 불합리하며 심지어는 우스꽝스러움으로 가득하다고 말한다. 드라마나 영화로 만나는 장면들은 '권선징악'이나 모두의 '판타지'를 즐겁게 긁어주는 콘텐츠에 불과하다. 여기에 우리의 인생을 대입할 수는 없다는 것이다.

생각보다 노력은 배신할 때가 있고, 옳다고 생각하는 일에 사람들이 손들어주지 않을 때도 많다. 노력하지 않아도 우연으로부터 기회를 얻을 때가 있고, 불합리한 선택에 이득을 보며 살아가기도 한다. 그야말로 우스꽝스러운 모양이다. 이런 상황에서 다만 붙잡을 수 있는 건 일상의 사소한 것들이다.

수년 전, 블로그를 만들면서 소개란에 뭘 쓸까 고민하다 이동진 평론가가 자신의 인생을 한 줄 평으로 쓰면 무엇을 쓰겠냐는 물음에 답변한 문장을 써놓았다. '하루하루는 성실하게, 인생 전체는 되는대로.' 인생 전체는 어쩌지 못하는 영역이기 때문에 그냥 두고 하루하루의 사소함을 어떻게든 성실히 붙잡고 살아가고자 하는 마음을 반영했다. 드라마나 영화의 한 장면 같은 순간이 와주면 고맙겠지만 그것을 기대하며 살면 결국엔 실망 가득한 삶이지 않겠나. 기대는 내가 이뤄줄 수 없으나 오늘 만나는 사람,

점심과 저녁의 메뉴, 상대에게 얼마나 반갑게 인사할지 정도는 내가 결정할 수 있다. 이런 사소함엔 큰 결심도 필요 없다. 그저 하면 된다.

그저 하면 되는 사소함이 모여 오늘이, 일주일이, 1년이, 평생이 되지 않을까. 조금 지루하겠지만 어쩌겠나. 그것이 인생의 진짜 얼굴인 것을. 내가 지킨 그 사소한 즐거움이 언젠가 무너진 나를 지켜줄 것이라 믿고 하는 수밖에.

모든 것을 즐거워하던 청춘들은 말합니다.

제일 좋아하는 일을 하다 지치면

두 번째 좋아하는 일을 하면 된다고.

예능 〈신서유기 외전 : 꽃보다 청춘〉 위너 편

대안은 많다   난 가끔 위인이나 대단한 사람이 말하는 명언 같은 문장보다 너무 당연하리만치 쉬운 문장에 뒤통수를 맞곤 한다. 말 그대로 너무 당연해서 미뤄두거나 쉽기 때문에 선택지에도 올려두지 않았던 무심한 마음에 내려진 벌이라고 생각한다. 이 문장은 그러한 충격으로 나에게 다가왔다.

〈신서유기 외전 : 꽃보다 청춘〉 위너 편의 마지막 에피소드에 나왔던 자막을 보고 '나는 그동안 왜 이 단순한 사실을 잊고 살았던 걸까'라는 생각이 들었다. 이렇게도 좋아하는 것이 많은 난데, 첫 번째로 좋아하는 것을 하다 지쳤을 때 '내 길이 아니었어', '이렇게는 안 돼', '재능이 없어'라며 끝내버렸던 기억이 꽤 많았기 때문에.

지금 머릿속에 좋아하는 걸 떠올려보면 아마 대부분 사람들은 손가락이 모자랄 정도로 말할 수 있을 것이다. 기호라는 것이 생기기 시작한 서너 살부터 쌓아왔을 테니 좋아하는 사람부터 물건, 듣는 것, 보는 것, 먹는 것까지 나열해보면 수백 수천 가지는 되지 않을까? 그리고 그렇게 좋아하는 것을 열심히 좋아하다 보면, 거기에는 식지 않는 애정과 에너지가 있기 때문에 자연스레 잘하게 되었을 것이다. 그리고 타이밍이 잘 맞으면 직업으로 발전되기도 했을 거고.

그렇게 많고 많은 좋아하는 일 중 한 가지가 꿈이 된 후에 나머지 것들은 전부 사라지는 걸까? 아니다. 우리나라에는 한 우물을 파야 성공한다는 옛말이 있지만, 이렇게 좋아할 것이 많은 시대에는 때에 따라 이 말이 맞지 않을 수 있다고 생각한다. 깊은 우물을 파서 지하수를 찾아내는 일도 있고, 이런저런 얕은 구덩이를 파서 좋아하는 나무를 심고 잘 자라는 것을 보는 재미도 분명 있다는 것이다. 그동안의 나는 우물만 파려다가 체력은 체력대로 바닥나고 스스로를 미워하게 되어버렸다. 첫 번째만이 진짜라 생각했기 때문에.

다시금 자신에게 알려주자. 제일 좋아하는 일을 하다 지치면, 두 번째 좋아하는 일이 나를 바짝 기다리고 있다. 또 두 번째에서 실패하더라도 그 뒤에는 지칠 만큼 많은 것이 나를 기다리고 있다. 그러니 실패했다 생각하는 건 너무 섣부르다. 인생은 길고, 우리는 젊고, 대안은 많다. 아니 많아야 한다. 그 두 번째, 세 번째 대안들이 내 나머지 인생이 되어줄 것이기 때문에.

나만의 원칙이 있어.

내가 잘나가는 감독은 못될지언정 악당들과

한 지붕 아래서 일하지 말자라는 원칙.

유튜브 〈넌 감독이었어〉 장항준 감독

완벽한 회사는 없다 내가 참을 만한 회사만 있을 뿐

잠깐 돌아보니 벌써 10년 넘게 일을 하며 살아왔다. 이 긴 시간 동안 얻은 게 있다면 '이렇게 해야지'만큼 '이러지 말아야지'의 리스트를 차곡차곡 쌓으며 나만의 기준을 만들어왔다는 것. 이 회사를 계속 다닐 것인가의 척도는 '무엇이 훌륭한지'보다 '최소한 이것은 지켜지는가'로 판단하게 되었다. 이처럼 회사에 다니거나 어느 집단에 소속된 사람에게는 자신만의 체크리스트를 명확하게 세우는 시간이 필요하다고 생각한다. 무엇이 진짜 나쁜 것인지를 아는 것도 꽤 중요하기 때문이다.

장항준 감독이 자신이 좋아하는 사람들을 모아 술을 마시며 이런저런 이야기를 나누는 유튜브 채널 〈넌 감독이었어〉에서는 이 기준에 대해 언급한 적이 있다. 장항준 감독에게 어떤 일화가 있었는지는 모르겠지만, 우리는 모두가 누군가의 후배였고 선배이기 때문에 충분히 공감할 만한 문장이다. 우리는 너무 악당을 봐주면서 일해오지 않았다.

나는 광고회사를 다니면서 술에 관대한 문화를 오랜 기간 겪어왔다. 술은 사람 사이의 거리를 가깝게 해주면서 마음속 이야기나 좋은 이야기를 나누게 만드는 장점이 있는 걸로 안다. 하지만 모두가 공감할 술이 가진 단점이 그 모든 장점을 상쇄한다. 술을 먹어야 가까워질 사이라면 제정신일 때 굳이 가까워질 필요가 없는 사람인 것 같고, 마음속 이야기나 좋은 이야기는 오래 기억할 수 있도록 제정신일 때 나누고 싶다.

그 술 때문에 너무나 사랑하는 동료와 일이 있었던 회사를 퇴사한 적이 있다. 나에게는 그 술이 악당이었던 것. 지금은 그렇지 않은 회사에서 비슷한 생각을 가진 동료들과 함께 일하고 있다. 하지만 이곳에도 나의 하한선을 침범하는 악당이 언젠가 또 나타나겠지?

완벽한 회사는 없다. 내가 참을 만한 회사만 있을 뿐이다. 하지만 내가 가장 싫어하는 무언가를 하지 않는 회사임을 확인했다면 나머지는 참고 다닐 수 있는 것 같다. 애초에 회사는 직원을 고용해 남이 하기 싫은 일을 그만큼의 돈을 주고 제공받는 곳이기 때문에 많은 어려움과 귀찮은 일로 가득한 곳이 회사라는 세계관의 기본 설정이다. 거기서 난 최소한의 기준을 세운다. 기준은 곧 나를 지킬 최소한의 방어막인 셈이다.

　나 또한 악당과는 일하고 싶지 않다. 그리고 누군가의 악당이 되고 싶지도 않다. 그러기 위해서 나는 그 기준을 남에게도, 그리고 나에게도 철저히 적용하며 삶을 살아가려 한다.

Q. 한국인들이 행복하다고 생각하시나요?

A. 아뇨. 하지만 그게 문제라 생각 안 해요.

한국인들은 자신이 행복하지 않다는 걸

알고 있어요. 그건 굉장히 좋은 시작입니다.

한국인들은 멋진 멜랑콜리를 갖고 있습니다.

그들은 슬퍼할 줄을 알아요.

이상하게 들리겠지만, 슬퍼할 줄 안다는 것은

더 큰 만족으로 나아가는 첫 번째 단계거든요.

예능 〈비정상회담〉 149회, 알랭 드 보통

슬퍼할 줄 아는 힘   〈비정상회담〉은 2017년에 끝 난 예능이지만 나는 지금도 가끔 다시 보기를 통해 보곤 한다. 지구 곳곳에서 온 청년들이 모여 대화를 하기 시작하면 서로 다른 문화들의 흥미로운 충돌이 시작되는데, 그걸 지켜보는 것은 나에게 정말 즐거 운 일이다. 거기서 얻은 문장이 많지만, 그중 최근에 다시 본 149회차에서 알랭 드 보통 작가가 영상통화 를 통해 말한 내용을 소개하고 싶다.

MC들은 작가에게 이런 질문을 던졌다. "한국인들 이 행복하다고 생각하시나요?"

대부분의 유럽 사람들은 괜찮지 않아도 "It's OK" 라고 말하고, 행복하지 않아도 "Good"이라고 표현한 다고 한다. 반면에 한국 사람들은 아주 행복하지 않 은 이상 행복하다 말하지 않는다고 했다. 이 차이에 대한 질문으로 이야기는 시작됐다.

알랭 드 보통은 '한국인은 행복하지 않지만 그 행 복하지 않은 사실을 마주 보려 한다는 것' 그리고 '행 복하기 위해 해야 할 일을 고민하는 태도를 가졌다는 것'을 흥미롭게 보았다고 한다. 그리고 "그런 한국인들은 멋진 멜랑콜리를 가졌다" 표현했다. 그러면서 슬퍼할 줄 아는 것은 더 큰 만족으로 나아가는 첫 번째 단계란다.

'멋진 멜랑콜리'라는 표현에서 끝났다면 '무슨 소리야' 하며 채널을 돌렸겠지만, 슬픔이라는 결핍을 제대로 인지하고 그것을 메꾸려 노력하는 것이 결국 만족과 행복을 만든다는 사실을 우리는 이미 알고 또 실행하고 있다니, 위로를 받은 것 같아 감사했고 한편으론 안도의 마음까지 들었다. 나의 상황을 무조건 좋은 쪽으로만 속이지 않고, 다소 괴롭지만 현실과 마주하며 다음 단계로 나아가는, 미워할 수 없는 한국 사람들의 이 속성이 나는 마음에 든다.

메타인지(Metacognition)라는 말이 있다. 인지함을 인지한다는 뜻이다. 내가 무엇을 알고 무엇을 모르는지를 아는 것인데, 이는 아동발달학 연구에서 나온 교육학 용어다. 메타인지는 학습 능력에도 영향을 끼치는데, 내가 못하는 것을 알고 있는 것은 잘할 수 있는 방법을 알 가능성이 높다는 말이기도 하다.

　한국 사람들은 자신이 행복하지 않은 사실을 제대로 인지하고 있다. 그렇기에 아이러니하게도 무얼 해야 할지를 알고 계속해서 나아간다. 자신의 슬픔을 마주하는 용기는 우리를 나아가게 하는 힘과 같다. 정말 멋진 멜랑콜리다.

난 어떤 면에선 별과 별 사이처럼
바로 붙어 있는 별도 몇 억 광년의
시간 차이가 나듯, 사람과 사람 사이에도
그렇게 긴밀하고 밀착된 거보다는
조금 바람이 통하는 관계, 선선한 바람이
지나가는 사이, 그런 게 있으면
좀 더 오래갈 수 있을 것 같아요.
우리 사이에는 이만한 거리가 있다고
인정하며 관계의 거리를 유지할 때,
좋은 관계를 오래도록 유지할 수 있는 게
아닐까 싶어요.

교양 〈세상을 바꾸는 시간 15분〉 양희은 편

조금 불편한 관계   무릎을 '탁' 하고 쳤던 문장. 나는 늘 주변 사람들에게 "조금은 불편한 관계가 편하고 좋다"라는 말을 하고 다녔기 때문인데, 친구들은 그런 나를 이상하게 혹은 서운하게 바라보았다. 이젠 좀 덜 억울할 수 있겠다.

양희은 님의 말에 덧붙여, 나는 가깝고 친한 사람일수록 적당한 불편함이 필요하다고 생각한다. 나만의 공간과 시간을 중요하게 생각해서도 있지만, 사실 적당한 불편함으로 비워진 자리가 대개 배려와 존중으로 채워지는 것을 경험했기 때문이다. 양희은 님은 그런 관계를 두고 '선선한 바람이 지나가는 사이'라는 아름다운 표현을 썼다. 우리 사이엔 이만한 거리가 있다고 인정하는 관계. 어릴 때는 십년지기 우정, 동네 친구라 칭하며 관계를 설명할 때 시간과 거리를 친밀도를 나타내는 척도라 으스댔는데 영 틀린 생각이었다.

이런 거리가 가장 필요한 관계 중 하나는 가족이다. 우리 가족은 모두 타고난 예민한 기질이 있어서 다른 화목한 가정과는 달리 함께일 때 날카로운 분위기가 종종 만들어지곤 했다. 그런데 나와 동생이 서울로 취직을 하고 각자의 위치가 멀어지면서 지금은 네 식구가 뿔뿔이 흩어져 산다. 1년에 두세 번 정도 만나는데 예전보다 오히려 사이가 좋아진 느낌이다. 자주 볼 수 없으니 서로 좋은 말만 해주며 다음을 기약한다. 선선한 바람이 지나갈 정도의 거리가 생기니 감정의 곰팡이가 필 틈이 없다.

이런 관계의 건강함은 서로의 모르는 구석이 생겼기 때문이라 생각한다. 그러니 부모님은 질문도 조심스럽게 하시고, 앞으로의 계획에 대해서도 넌지시 의중만 물을 뿐이다. 나와 동생은 자취를 시작하며 혼자서 생을 일궈나가는 부모님의 고단함을 이해하기 시작했고, 1년에 몇 번 없는 만남을 아쉬워하며 만났을 때의 짧은 시간을 더 웃으며 보내고 싶어 했다. 가까운 관계일수록 다 안다고 생각하는 것은 위험한 생각이었음을 함께 깨달았다. 가족은 개인의 합일 뿐 하나의 생명체가 아님을 알고, 각자의 인생을 인정하며 약간의 불편함으로 배려를 표현하는 관계. 이 과정을 거치다 보니 함께하는 시간은 줄었지만 좋은 감정을 나누는 가족의 연대는 깊어진 기분이다.

조금 불편한 관계가 좋다. 딱 붙어 있지 않아서 감정의 곰팡이가 필 일도 없다. 더 오래, 더 가까이 지내고 싶다면 약간의 거리를 둬보자. 불편함이 만든 공간을 통해 솔솔 불어오는 바람으로 나와 너는 더 쾌적해질 일만 남았다.

공부란 '머릿속에 지식을 쑤셔 넣는 행위'가
아니라 '세상의 해상도를 올리는 행위'라고
생각한다. 뉴스의 배경음악에 불과했던
닛케이 평균 주가가 의미를 지닌
숫자가 되거나, 외국인 관광객의 대화를
알아들을 수 있게 되거나, 단순한 가로수가
'개화 시기를 맞이한 배롱나무'가
되기도 한다. 이 '해상도 업그레이드 감'을
즐기는 사람은 강하다.

어느 일본인의 트위터

세상의 해상도를 높이는 일　　'아는 만큼 보여'나 '해외여행 가면 세상을 보는 눈이 넓어져'라는 말은 많은 사람에게 반복해서 들어서인지, 그리고 자신의 경험을 자랑하는 말처럼 받아들인 내 삐뚤어진 마음 덕분인지 정말 와닿지 않는 문장이었다. 그런데 '세상의 해상도가 업그레이드된다'라는 비유는 크게 와닿지 않나.

한때 그릇 브랜드에 꽂힌 적이 있다. 그 이후론 식당에 갔을 때 예쁜 접시나 컵, 식기를 보면 뒤집어 브랜드를 확인한다(이 습관은 지금도 계속되고 있다). 누군가에겐 음식을 담는 '기능'으로만 끝난 그릇과 도구가 나에겐 만든이와 이야기를 확인하고 싶은 하나의 선명한 '세계'가 된 것. 커피 찻잔이 예전에는 커피를 담아 식혀 먹던 접시 역할을 했다는 이야기나, 한·중·일의 식문화는 농사의 종류와 그릇을 만드는 소재, 그릇의 열전도율과 관계가 있다는 사실들을 알고 나면 그릇이 새로운 세계로 입장하는 문이 되어주곤 했다. 뿌옇게만 알고 있던 세계로 들어가니 너무나도 선명한 세계가 존재했다는 사실을 알게 된 이후 모든 새로움이 기쁨으로 다가오는 경험 말이다.

또 언젠가는 타일에 관심을 둔 적이 있었다. 역시나 길거리의 보도블록부터 화장실 타일, 줄눈이나 바닥재 등 벽과 땅을 관찰하며 걸었던 기억도 떠오른다. 어느 누가 벽이나 바닥을 보고 즐거워하겠나. 그런데 잘 찾아보면 곳곳에 있을지도 모른다. 그런 것을 선명하게 보며 나만의 즐거움을 찾은 사람들이. 그들은 뿌옇게만 보였던 세상을 발견함으로써 자신만의 선명한 세계를 확장해나간다. 더불어 잘 만든 것과 대충 만든 것의 차이도 알아가고 말이다.

세상의 해상도를 올린다는 의미는 이런 게 아닐까. 살아가는 데 그렇게 쓸모가 있나 질문한다면 '언젠가는…' 정도로 소심한 대답만 하겠으나, 사실 이건 지식의 문제라기보다는 즐거움의 영역에 가깝다. 그릇과 타일 줄눈 이야기를 하면서도 이렇게 즐거울 수 있는 걸 보면.

'지식을 쑤셔 넣는 행위'란 말에 스트레스를 받거나 나를 가둬두지 않고, 선명하게 마주해 '해상도 업그레이드 감'을 즐기는 사람이 되어보자. 뿌연 이야기로 가득한 세상일지, 한 발짝 한 발짝 내딛기 아쉬울 정도로 선명한 즐거움이 가득할 세상일지는 내가 어떻게 바라볼 것이냐에 따라 결정된다.

요즘 같은 시대에 취향은

적극적으로 지키고 찾지 않으면

진열된 사람들, 진열해 놓은 것들에 의해

움직여지고 만들어지기 너무 쉬운 세상이

됐어요. 온통 알고리즘투성이인

무서운 세상이라 내 성향, 취향에 맞추어서

삶을 살아가야 하는데 다 허구 같은

평균치에 맞춰서 살아가려고 하는 게

아닌가 싶어요.

〈BBC News Korea〉 김이나 작사가 인터뷰

진열된 취향과 지켜내는 취향　　오늘도 지구 곳곳에서는 신곡과 신간, 새로운 예능과 처음 듣는 유행어가 수백 수천 개 나왔을 것이다. 나름 트렌드에 발빠른 사람이라고 생각하며 살고 있지만 새로운 콘텐츠는 도저히 따라갈 수 없는 속도로, 말 그대로 '쏟아져' 나온다. 그래서 요즘에는 이 풍부하다 못해 넘치는 콘텐츠들을 감당할 수 있게 돕는 큐레이션 서비스가 사랑받고 있다.

콘텐츠 큐레이션 서비스는 합리적이다. 나의 시간을 아껴주면서 내가 좋아했던 것들을 토대로 좋아할 가능성이 높은 콘텐츠들을 골라준다. 원하는 걸 볼 수 있고, 원하지 않는 건 보이지 않게 만들 수도 있다. 그리고 많은 사람이 좋아할 만한 것을 모아 1등부터 진열해 놓는다. 그 진열된 상품은 많은 사람의 인증을 받은 결과이고, 과거 내가 좋아했던 것들까지 반영되어 있으니 선택에 실패할 확률이 아주 적다.

진열된 베스트 상품 중 하나를 고르는 건 참 편하지만, 이 편리함의 함정에 오래 머물다 보면 개인의 취향 스펙트럼은 점점 평균치로 좁아져버린다. '그럴 수도 있지' 하고 흘려버리기에는 무서운 현상이고, 경계해야 할 시스템이다. 알고리즘이 수많은 사람의 취향을 일정한 경계선 안에 정해버리는 것과 마찬가지이기 때문이다.

나는 우리의 취향이 우연의 횟수로 만들어진다고 생각한다. 어렸을 때 우연히 들은 노래에서 언젠가의 여행지를 정해 놓기도 하고, 영화나 드라마에서 접한 멋진 직업을 부모님 몰래 장래희망으로 삼기도 하고, 몇 권의 소설을 보며 좋아하는 장르가 서서히 만들어지기도 하니까.

우연한 만남에서 만들어진 취향은 나아가 삶의 방향을 정하는 중요한 근거가 되기도 한다. 그러니 누군가에 의해 취향이 재단된다는 건 굉장히 무서운 일이다. 그래서 나는 가끔은 일부러 불편한 과정을 경험하곤 하는데, 그 이유는 과거 우연히 발견한 새로운 장르의 노래가 내 출퇴근 길의 활력이 되어준 기억 덕분이다. 순위대로 들었다면 결코 경험하지 못했을 일이었다. 아직 가지 못한 새로운 세계가 있다는 것, 그리고 그것에 대한 지속적인 호기심이 있다는 것이 일상에 생기를 불어넣어주기도 한다. 마치 보물찾기하는 기분처럼.

주는 대로 편안히 있다 보면 누군가가 내 취향을 정해버릴지도 모르니, 이제는 정신 똑바로 차리고 취향을 적극적으로 지키지 않으면 안 되는 세상이 됐다. 내 삶의 방향성이 되고 평생 바닥나지 않는 즐거움이 될지도 모르는 취향이라는 것. 얼마나 잘 지키고 있는지 자신의 리스트를 한번 들여다볼 시간이 필요하다. 취향은 편의점에서 물건을 사는 게 아니라, 미지의 세계를 향한 탐험에 가까우므로.

어쩌면 행복이란 별일 없는 지루함,

그것이 행복의 진짜 얼굴일지도 모르겠다.

누군가를 사랑하고 응원할 수 있다는
사실만으로도 삶에 윤기가 흐르는 것 같아.
입덕하고 나선 매일매일 작은 축제처럼
즐거웠고, 힘든 시기엔 진심으로 기대어
울 수 있는 음악과 사람들이 있어서
일어설 수 있었어. 멋진 삶을 살면서
오래오래 응원할게. 늘 행복하자.

아이돌 팬의 댓글

동방신기 덕분에   아마 중학교 2학년 때쯤 동방신기가 데뷔를 했던 것 같다. 그땐 거의 전교생 모두가 동방신기를 좋아했다. 물론 나도 포함이다.

그때 팬들이 주로 활동하던 곳은 다음(Daum) 카페였고, 각자 마음 맞는 사람들끼리 그곳에 모여 덕질을 하며 정보를 공유했다. 그리고 그 카페에는 '대문'(카페의 첫 화면)이라는 것이 있었는데, 각자가 속한 카페의 대문을 동방신기의 이미지로 잘 디자인하는 것은 아주 중요한 일이었다. 나는 내가 주로 활동하는 카페의 대문이 다른 카페보다 더 예뻤으면 하는 마음에 중학생 때 처음 포토샵을 배우기 시작했다. 누가 시킨 것도 아닌데 1년이 넘는 시간 동안 1~2주에 하나씩 새로운 대문을 만들어냈더니 디자인 실력도 저절로 늘어갔다. 덕분에 비전공자임에도 어린 나이에 포토샵과 일러스트의 기본 툴을 다룰 수 있게 되었고, 이 능력은 대학생 때 광고 공모전에서 쓰이기도 했다(내 디자인으로 여러 차례 상을 받기도). 이건 순전히 동방신기 덕분이다. 그리고 가끔 친구들이 부탁하는 디자인이나 나의 독립 출판물을 만들 때도 요긴하게 사용되었다. 이것도 동방신기 덕분이다. 몇 년 전 좋아하는 밴드가 내한했을 때 카페 대표로 내가 디자인한 스티커를 만들어서 붙이기도 했다. 이마저도 동방신기 덕분이다.

동방신기는 알려나 모르겠다. 당신들 덕분에 디자인 툴을 다룰 줄 아는 카피라이터가 있다는 걸. 생각해보면 사랑은 참 강력한 에너지원 같다. 중·고등학생 때 경험한 그 강력한 덕질의 힘은 나에게 무언가를 쥐여주고 떠났다. 덕분에 친구들과 추억도 많이 쌓았고, 많이 웃었고, 지금은 일하는 데 도움이 될 정도로 실력을 쌓게 되었으니 말이다. 무언가를 혹은 누군가를 열렬히 사랑하는 힘은 이렇듯 삶에 윤기가 흐르게 만든다. 슬플 때나 기쁠 때나 나와 함께해주었으니 사랑을 다시 돌려주고 싶은 마음에 포토샵을 켰던 나처럼, 누가 시켰다면 죽어도 하지 않을 일을 스스로 한다. 이젠 그때의 기억은 거의 없지만 그 감정만은 내게 남아 여전히 일상의 윤기로 존재한다.

아직도 우리들의 비밀번호에, 누군가의 오래된 메일 아이디에 살아 있는 어릴 적 그 존재를 보며 감사함을 느낀다. 삶에 윤기가 흐르게 해준 그 시절을 기억하면서 말이다.

자는 게 아까울 정도로 숱한 이야기에

흥분했고 캐릭터들의 대사에 몇 번이나

구원받았다. 좋아하는 것에는 시간과 노력을

아끼지 않고 어디든 쫓아다니며

새로운 즐거움을 차례차례 찾아간다.

호기심은 멈추는 법이 없고

사랑하는 작품이 히트를 하든 말든

그 이유를 분석하지 않을 수 없다.

이렇게 '좋아함'의 레벨이 지나쳐서,

사회에서 가끔 답답함을 느낀 적이 있나요?

그건 당신의 '너무너무 좋아하는 마음'이라는

재능 때문입니다.

'너무 좋아'는 곧 전문성이니까요.

일본 출판사 '가도카와'의 2023년 채용 글

'너무 좋아'는 곧 전문성이다   나는 좋아하는 일을 이렇게 정의한다. '해도 힘들지 않은 일'이라고.

나는 문장 모으는 일을 좋아한다. 대학생 때부터 시작했으니 거의 15년 넘게 이 취미를 갖고 있는데, 언젠가 누군가가 이렇게 질문했던 기억이 난다. "어떻게 그렇게 성실하게 문장을 모으세요?"라고. 이 질문에 나는 어떤 대답을 해야 할지 몰랐다. 왜냐하면 '성실'했다고 생각한 적이 없기 때문에. 애초에 '일'이라고 생각한 적이 없어 성실이라는 잣대를 들이댈 수 없었다.

문장 모으는 일은 나에게 즐거움이다. 그래서 힘들지 않고 부담스럽지도 않다. 좋아하는 문장을 모으는 일은 아마 밤을 새워서라도 할 수 있을 것이다. 외려 새로운 문장을 발견하는 즐거움으로 가득한 시간일지도 모른다. 맞다. 나는 문장을 발견하고 모으는 즐거움을 지나치게 좋아한다. 이 일을 오래 하다 보니 알찬 정보가 넘쳐났고, 혼자 즐기기에는 왠지 아까운 마음이 들어 주변 사람들에게 선물하고 소개하기 시작했고, 이렇게 책까지 쓸 수 있었던 것 같다. 일본의 출판사이자 콘텐츠 회사인 가도카와는 이 '너무 좋아함'이 곧 '전문성'이라고 정의한다. 나 또한 의도하진 않았지만 '너무 좋아'의 마음이 자연스레 나에게 전문가라는 이름을 붙여주었고 새로운 창작의 영역으로 이끌어주었다.

가끔은 너무 집착하는 것처럼 보이는지 '오타쿠'라고 놀리는 친구들이 있지만, 나에게 그 말은 극찬이다. 왜인지 '이 분야만큼은 내가 짱'이라는 권한을 부여받은 것 같아서다. 그 '전문성'을 가도카와는 신입 지원자들에게 부여했다. 콘텐츠를 만드는 회사에서 무언가를 지나치게 좋아해 '과해'라는 말을 들었던 사람에게 '너 이미 전문가야'라고 말해주다니, 이런 채용 메시지를 언젠가 써보고 싶은 마음까지 들었다.

그러니 가슴 사무치게 좋아하는 어떤 것이 있다면 멈추지 말고 그 마음을 더 깊게, 더 오래 이어나갔으면 한다. 그러면 언젠가 나만의 단단한 세계가 만들

어져 있을 것이다. 좋아하는 마음 단 하나로 만들어

진 누구도 넘볼 수 없는 순수한 나만의 세계를.

외국 가면 진짜 인사를 많이 하잖아.

그때 느꼈던 게, 내가 굿모닝의 기분이

아니었는데 상대가 굿모닝을 하길래

나도 굿모닝을 하다 보니까

나도 굿모닝이 되는 거야.

예능 〈스페인 하숙〉 1회

그의 '굿모닝' 한마디로 나의 아침도 '굿모닝'이 된다

이 문장은 유해진 배우가 외국 여행에서 겪었던 일을 말한 것이다. 아침에 길을 가다 모르는 사람과 눈이 마주쳤는데, 그가 "굿모닝"이라고 인사를 건넸다고 한다. 그러자 '굿모닝'이지 않았던 자신의 기분이 '굿모닝'이 되었다는 이야기였다. 모르는 사람이 건넨 '굿모닝'이라는 말속엔 그 단어의 의미에 더해 '좋은 아침'이라는 감정까지 그대로 담겨 있었고, 그것이 그대로 상대에게 전해졌던 것이다. 그리 특별하지 않은 일일 수 있지만, 신기한 일이기도 하다. 단순히 전해지는 말과 소리에 감정을 건드는 힘이 있다니.

따뜻한 말, 차가운 말, 무거운 말, 가시 돋친 말. 말과 관련된 표현을 찾아보니 우리는 오랜 시간 동안 알게 모르게 말에 많은 것을 실어 보냈다. 그러니 한마디의 영향력이 꽤나 크다는 사실을 잊어선 안 되겠다. 한마디로 한 사람의 아침을 굿모닝으로 만들 수 있다면, 그 사람의 인생에까지 더 큰 영향을 끼칠 수도 있을 테니까.

좋은 패스는 달리는 사람에게 날아간다.

광고 〈리크루트〉

어떤 말의 힘   '좋은 패스는 달리는 사람에게 날아간다.' 이 문장은 일본 구직 사이트 리쿠르트의 광고카피다. 이는 내가 가장 좋아하는 카피이기도 한데, 유독 이 카피를 사랑하는 데에는 한 가지 이유가 있다.

광고를 만들 땐 다양한 표현 방법을 이용한다. '이 제품이면 이런 삶을 살 수 있어!'라며 이상적인 모습을 보여주기도 하고, 그 제품이 없을 때 일어나는 상황을 보여주며 위협 비슷한 것을 하는 공포 소구를 이용하기도 한다. 다소 자극적이고 노골적인 방법이라고 느낄 수 있지만, 결코 나쁜 방법이 아니며 이러한 표현 속에서 크리에이티브가 폭발하기도 한다.

그런데 이 리쿠르트의 문장은 내가 써온 카피와 많이 다르다. 구직 사이트 가입에 전혀 도움이 되지 않을뿐더러 마케팅 측면에서도 즉각적인 이익을 기대하기 어려운 형태다. 게다가 이 문장은 많은 것을 포기하고 있다. 사이트를 알리는 것도, 새로운 기능을 말하지도, 가입을 늘리는 것에 욕심을 내지도 않았다. 단지 구직자에 대한 응원만이 있을 뿐이다.

모두가 이길 수 없는 끝없는 싸움에서 모두가 이기기를 바라는 구직 사이트의 응원. 기업이 당연히 바라봐야 하는 지점이 아닌 조금 다른 곳을 바라보는 것만으로도 이 평범한 문장은 큰 힘을 가진 듯하다. 어떤 강요도 없으나 어떤 문장보다 강력한 힘이 느껴진다. 휴지 회사가 자연을 말하고, 아르바이트 사이트가 아르바이트생의 권리를 위해 최저 시급 보장을 외친 것처럼.

제품에 따라 1위를 했다거나 몇 배 더 강력하다는 메시지를 던져야 하는 경우도 있겠지만 '네 마음 알아'라고 말하는 광고도 필요하다. 운동화를 만드는 나이키가 마라톤 금메달리스트가 신은 운동화를 이야기할 때도 있지만 인종 차별에 대한 이야기를 하듯이 말이다. 때론 이는 어떤 장점보다 강력한 강점으로 와닿는다.

리크루트의 다른 카피들

- 당신이 행복해져도 누구 하나 곤란하지 않다.

- 앞이 보이지 않아? 앞이 보이는 것보단 좋지 않
  은가?

- 1승 99패라도 승리할 수 있는 것이 취업.

- 여러 가지 미래가 너를 기다린다.

- 5년 후의 톱 러너는 이미 달리고 있다.

나는 아직 아무것도 아니다.

그래서 무엇이든 될 수 있다.

광고 〈포카리스웨트〉

아무것도 아닌 건 아무것도 아니다   무언가 되어 버린 어른의 입장에서 나는 가끔 아무것도 되지 않은 어린 친구들이 부러울 때가 있다. 미래에 어떻게 살아갈 것인가에 대한 선택지가 아직 남아 있다는 게 부럽기도 하고, 정해져 있지 않은 내일에 대한 기대감과 막막함 사이의 불안한 청춘의 감정을 그리워하는 것 같기도 하다. 물론 불안에 휩싸여 있을 그들에게 좋게 들리진 않겠지만.

2018년 즈음 부산국제광고제에서 주관하는 예비 광고인들을 위한 크리에이티브 캠프에 멘토로 참여한 적이 있다. 고등학생들에게 과제를 주고, 하루 동안 아이디어를 콘티로 그리게 하는 경연이었다. 전국 각지에서 광고회사 취업을 지망하는 아이들이 몰려왔고, 엄청난 열정으로 과제에 임해주었다. 1박 2일 동안 멘토였던 나는 그 시간이 짧은 듯해 멘토링했던 친구들에게 내 메일 주소를 알려주며 혹시 더 묻지 못한 궁금한 것이 있다면 이곳으로 보내달라 전했고, 그렇게 행사는 끝이 났다.

이후 몇 가지 질문과 고민들이 도착했는데, 대부분 자신이 아직 아무것도 아니라는 생각 때문에 드는 불안에 관한 내용이었다. 아직 고등학생으로서할 수 있는 게 아무것도 없는데 무엇을 쌓아서 어떻게 취직을 해야 할지 고민된다는 것이었다. 그 친구들이 들으면 미워할지도 모르겠지만 나는 그 모습이몹시 귀엽고 부러웠다.

그들에게 포카리스웨트의 광고카피 한 줄을 전하고 싶다. 지금은 아무것도 아니고, 아무것도 없는 것이 당연하다고. 여기에 덧붙이자면 아무것도 아니라는 말은 무엇이든 될 수 있다는 말과 같다는 것. 이한마디를 받아들인다면 텅 빔에서 엄청난 잠재력을가진 사람이 될 수 있다. 포카리스웨트의 광고카피는 아무것도 아닌 것이 '미완성'이 아니라 무엇이든될 수 있는 '잠재력'으로 정의를 바꾸어주는 역할을해냈다.

하지만 그들에게 '미완성이 아니라 잠재력으로 바꾸라' 말하는 대상이 나와 같은 어른이라면 꼰대 같은 사람이 하는 소리라 여길지도 모르겠다. 다만 내가 전할 수 있는 것은 '아무것도 아닌 것'에 대한 정의를 스스로 내려보라는 말 정도이지 않을까. 생각해보니 무엇이든 될 수 있었던 것은 바로 그때였던 것 같다고.

결혼생활이란 서로가 서로의 증인이

되어주는 추억 블록을 모아가는 것.

억울한 일을 억울하지 않게 지켜보는 것.

무플인 서로의 글에 댓글 한 개 적어주는 것.

오늘따라 평소와는 다른 상대방에게

갸우뚱하는 것이라고 생각합니다.

침착맨의 결혼 축사

별일 없이 사는 행복　　인터넷에서 화제되었던 침착맨의 축사. 언제나 내가 문장을 고르는 기준은 유명인이 출처라거나 표현의 방식이 멋들어진 문장이 아니다. 침착맨의 문장처럼 담담하게 떠다니는 일상적인 표현들의 합이다. 그 기준을 잘 말해주는 문장이다.

이제는 주변에 결혼한 친구들의 비중이 더 늘었다. 이들의 연애와 결혼 이후까지의 과정을 지켜보고 있으면 인생의 성공이나 실패 여부를 결정하는 엄청난 중대사 같다가도 결혼 이후엔 또 너무나 잔잔하고 별일 없이 지내는 것 같아 신기하기도 하다. 감정의 큰 동요 없이 무던하게 지내는 것 같았는데 남편이 해외 출장을 가면 도착할 때까지 걱정에 잠 못 이루는 친구를 보고 있으면 정말 진득하게 사랑하고 있구나 싶고. 별일 같으면서도 별일 아닌 것 같이 살아가는 부부의 모습은 침착맨의 축사를 그대로 닮았다.

침착맨의 말처럼 결혼에 뭐 그리 큰 게 필요한가

싶다. 일상이라는 추억 블록을 하루하루 쌓아가며 서로가 억울하지 않게 지켜봐주다가 가끔은 달라진 모습에 가장 먼저 갸우뚱해주는 것. 이처럼 별거 없는 작은 것들을 평생 쌓아가자 약속하는 것, 매일 함께 밥을 차려 먹고 산책하는 것, 월드컵을 같이 보며 같은 타이밍에 환호하고 아쉬워하는, 그 별것 아닌 일상을 함께하자는, 그때마다 곁에 있겠다는 약속일 뿐이라는 것이다.

결혼 이후의 일상은 미혼인 내가 그리던 세기의 사랑 같은 것이 아닐 확률이 높다. 매일 폭죽을 터트리며 축제처럼 사는 것이 아닌 조용히 밭을 일구어나가는 것과 비슷한 것 같다. '결혼이라는 중대사 이후에 오는 것이 그뿐이라고?'라는 생각도 잠시 들었지만, 평생 이벤트를 빵빵 터트리며 사는 삶이 과연 좋을까도 싶다.

이 공식은 꼭 부부가 아니더라도 가족이나 친구 등 아는 사람 이상의 관계에서는 적용될 수 있다. 그렇게 별일 없이 살다가도 약간의 불행이 찾아오면

한목소리로 서로의 안위를 걱정해주는 그런 존재. 또 그러다가도 다시 별일 없었던 듯 쳇바퀴 돌아가는 멋없는 일상. 어쩌면 행복이란 별일 없는 지루함, 그것이 행복의 진짜 얼굴일지도 모르겠다.

남의 단점이 보인다는 건,

자기한테 그런 마음이 있기 때문이야.

영화 〈리틀 포레스트 2 : 겨울과 봄〉

타인에 대한 판단　　다양한 사람이 섞인 대화 속에선 상대의 숨은 뜻이나 의도를 정확히 캐치하는 것이 쉽지 않다. 그저 눈치껏 사회의 통상적인 뉘앙스로 상대방의 말과 행동을 이해하고 받아들일 뿐이다. 그런데 가끔 상대의 저의가 궁금해지는 순간이 온다. '어, 저 사람 나한테 싸움 거는 건가?' 하는, 자칫하면 다툼과 멀어짐으로 귀결되는 그 이상한 뉘앙스를 느끼는 순간이.

언젠가 회사가 오픈오피스(칸막이를 없애고 열린 공간에서 직원들 간 원활한 소통을 목적으로 하는 사무실 환경)를 선언하고, 갑작스러운 환경 변화에 모두가 적응에 힘들어하던 시기가 있었다. 당시 우리 팀 옆에는 아주 시끄러운 디지털 다트판이 걸려 있었지만, 대부분이 우리 팀의 집중력을 위해 오후 6시 전까진 사용을 자제해주었다. 어느 날 6시 1분쯤 누군가가 다트판 쪽으로 걸어오더니 "6시 지났네~"라는 멘트를 날리며 다트게임을 시작했다. 나는 그 말을 듣자마자 '우리 들으라고 하는 소린 것 같은데, 정말 너무하네'라는 생각이 들면서 화가 치밀었다. 이 이슈는 그다음 날 점심을 먹을 때 본격적으로 등판했다. 다들 코에서 뜨거운 김을 훅훅 불어내며 흥분해 있을 때 팀장님이 말씀하셨다. "그건, 우리를 배려해준 말이 아닐까?"

그간의 해석과는 정반대의 의견에 나는 우선 화를 덜어내고 천천히 생각해보았다. 그래, 그 사람의 의도는 그가 아닌 이상 아무도 모르는 거 아닌가? 그렇다면 내가 판단한 건 뭐였던 거지? 그때 〈리틀 포레스트 2 : 겨울과 봄〉의 대사가 떠올랐다. '남의 단점이 보인다는 건, 자기한테 그런 마음이 있기 때문'이라는 말.

나는 별거 아닌 그 한마디도 나쁘게 해석을 해버렸다. 아마 나라면, 그런 말은 남의 기분을 나쁘게 하기 위해 했을 거라는 생각을 거쳐 내린 판단이었다. 물론 실제로 상대방의 기분을 나쁘게 하기 위해 어떤 말을 하는 사람도 있겠지만, 그건 그 말을 한 사람만이 안다. 결국 '그 사람은 이런 생각으로 말했을 거야'라는 것은 '나라면 이런 마음으로 말했을 거야'와 같은 말이었다. 부끄러웠다. 그 사람에 대한 판단은 결국 내 멋대로 해버린 판단이었다.

그 일 이후 모든 타인에 대한 판단은 나를 통과한 결과물이라는 생각이 들었다. 결국 내가 어떤 사람인지가 가장 중요하다. 우리는 타인을 100% 이해할 수 없다. 단지 내가 쌓아온 사회적 정보력으로 판단할 뿐이다. 그 판단에서 남의 단점이 보인다는 것은 나에게 그런 단점이 있다는 것과 같은 말일지도 모른다. 그 사람을 판단하는 자료는 내 안에 축적된 무언가일 테니까.

꽃을 선물 받는 건 남자가 꽃집에 가서
어색해하는 순간까지 다 포함된 선물이래요.
남자가 얼마나 큰 어색함을 무릅쓰고
꽃집에 갔을 거며 꽃을 사기까지
얼마나 민망했을 거예요.
그래서 꽃 선물은 꽃집으로 갈 때까지
여자를 생각하는 그 마음들이
담겨 있는 선물이래요.

예능 〈선다방〉 가을 겨울 편 3회

'과정'이라는 선물　　출연진이 주선하고 일반인 출연자가 나와 그야말로 '맞선'을 보는 〈선다방〉이라는 프로그램을 우연히 보다 발견한 문장.

여성 출연자는 꽃 선물을 한 번도 받아본 적이 없다며, 여자들이 꽃 선물에 왜 감동하는지 이유를 설명했다. 꽃 선물에는 꽃집에 가기까지 남자의 어색하고 떨리는 마음과 그걸 무릅쓸 만큼 상대를 향한 깊은 마음이 담겨 있고, 여자들은 그 마음을 받고 싶어 한다는 말이었다.

생각해보면 우리는 누군가에게 선물을 받았을 때 선물을 해준 사람의 준비 과정에 감동을 받지 않았나 싶다. "이런 걸 언제 준비했대~", "아니, 내가 이거 필요한 건 어떻게 알았어?"라고 했던 말들이 다 그랬다. 어떤 물건인지는 중요하지 않다. 선물이 나에게 오기까지 그가 겪었던 여정 자체가 선물이다. 여성 출연자는 그 여정을 선물 받고 싶었던 것이다. 그게 곧 나를 향한 마음이니까. 선물하는 사람의 마음까지 선물로 받아들이는 태도. 참 다정한 문장이다.

헤맨 만큼 자기 땅이 된다.

출처 미상

이 헤맴도 나만의 것　　독립 출판을 위해 충무로에 가서 종이부터 고르던 기억을 꺼내보려 한다. 충무로는 인쇄로 유명한 동네인데, 문구점과 달라 종이를 한 장씩 판매하지 않고 '연' 단위로 판매한다. 또 우리가 잘 아는 A4 사이즈로 판매하지도 않는다. 내가 원하는 책의 크기에 따라 큰 종이를 잘라 써야 한다. 그래서 만들려는 책의 크기에 맞춰 종이를 주문하려면 복잡한 계산이 필요하다. 또 종이마다 두께도 다르다. 이를 '평량'이라고 하는데, 똑같은 200페이지라 하더라도 어떤 종이를 고르느냐에 따라 책의 두께와 무게가 엄청나게 달라진다. 그와 더불어 책 등의 두께도 달라져 표지 디자인에도 영향을 미친다. 그런데 내가 이런 정보들을 처음부터 알았을까? 그럴 리 없다.

　나름 사전 조사를 열심히 했다고 생각했지만 실제로 책을 만드는 일은 쉽지 않았다. 그래서 다 만들고도 100권 넘게 버린 적도 있으며, 충무로의 여러 전문가와 소리 높여 싸우기도 했다. 그런데 그렇게 싸우고도 원하는 결과물을 만들지 못했다.

어디 책 만드는 일만 그럴까. 처음 시도하는 모든 것에는 시행착오가 동반된다. 그럴 때면 '왜 더 준비하고 알아보지 못했을까'라는 나의 노력을 깎아내리는 자책으로 머릿속이 가득했다. '나는 왜 이렇게 하나를 배우려고 하면 많은 비용을 지불해야 할까'라는 생각도 함께. 어디 착착 진행되면 덧나나.

그런 조급한 나를 위로해줬던 게 '헤맨 만큼 자기 땅이 된다'는 문장이다. '헤맨 만큼'이라니, 그동안 무의미했다고 생각하던 일련의 과정들이 오히려 밀도 있는 내 것이 된 기분이 든다. 나만큼 헤맨 사람은 또 없을 거라는 이상한 자부심마저 들면서.

후회를 잘하는 내 성격 탓이기도 하지만, 실패에 인색한 환경 탓도 해본다. 나는 최소의 금액으로 최대의 결과물을 내고 싶었다. 보통 그런 결과물이 박수를 받고 잘한다는 평가를 받으니 말이다. 그런 기준으로 보면 헤맨다는 것은 좋은 결과물과 멀어지게 된다는 의미이고, 사람들은 고생의 과정을 봐주지

않기 때문에 헤매는 시간을 최소한으로 줄여야 한다
는 강박에 사로잡히는 건 당연한 일이었다.

　이런 나에게 '그 헤맴도 다 도움이 되는 거야'라는
손에 잡히지 않는 말보다 '그 헤맨 과정이 다 네 거
야, 너만 가진 거야'라고 말해주니 다르게 와닿지 않
는가. 나만 아는 이 고통이 내가 얻어낸 경험의 밀도
라 생각하면 왠지 그동안의 시간을 보상받는 느낌이
들기도 하고, 좀 더 구체적인 지도를 가진 느낌이 들
기도 한다. 내 안에 새겨진 나만의 경험이자 나만의
지도. 모두 나만의 것인 셈이다.

Q. 일기 중 가장 오래 간직하고 싶은 페이지는?

A. 정말 아무 일도 없었던 그냥 정말 보통의 하루. 화날 일도 슬퍼할 일도 고민도 없고… 가끔 제가 '오늘 진짜 별거 없었다'라고 쓰는 날이 있어요. 그날이 분명히 있었는데 잘 기억이 안 나거든요. 저는 그런 날을 조금 더 기억하고 싶어요.

예능 〈유 퀴즈 온 더 블록〉 박보영 편

인생의 책갈피를 촘촘하게　'아무것도 하지 않으면 아무것도 일어나지 않는다'는 유명한 말이 있다. 으레 동기부여나 열정을 불 지피기 위해 마음에 시동을 거는 그런 말들. 대개 사람들은 자주 우여곡절이나 드라마틱한 인생의 순간을 만들기 위해 노력한다. 그것이 더 가치 있어 보이고, 영화나 드라마 또한 캐릭터의 클라이맥스를 조명하기 때문에. 그런데 〈유 퀴즈 온 더 블록〉에 나온 박보영 배우가 왜 무탈한 하루를 가장 기억하고 싶다고 했을지 궁금했다. 드라마의 한가운데서 계속 의미 있는 스포트라이트를 받는 배우이기 때문일까. 그래서 나에게 어떤 무탈한 날들이 있었는지 지나간 페이지를 다시 넘겨짚어볼까 한다.

거리에서 마주친 강아지가 귀여웠던 일, 만원 지하철에서 운 좋게 앉아 갔던 일, 평소라면 서너 번은 걸렸을 신호가 막힘 없었던 일. 인생의 이벤트라기엔 다소 많이 사소하지만, 그래서 한 시간 뒤에 곧 잊을 만한 일이겠지만, 순간 살짝 미소 지을 수 있는 정도로 이루어진 하루. 이렇게 설명해보니 꽤 좋은 순간들이 아닌가. 나열하고 나서야 왜 박보영 배우가 무탈한 하루를 말했는지 조금은 알 것 같았다. 이렇게나 굳이 톺아봐야 그나마 기억할 수 있는 아주 소소한 보통의 나날들인 것.

물론 크고 기억에 남는 이벤트가 있는 날도 좋다. 하지만 별거 없는, 자잘하고 사소한 일들을 기억하며 그것을 하나하나 머릿속이나 일기장 속에 기록해둔다면 왠지 인생의 책갈피를 더욱 촘촘하게 채워나가는 기분이 들 것 같다. 언제든 꺼내 볼 수도 있고.

이 얘기에 유재석은 약간의 말을 덧붙인다. "너무 행복하고 너무 기쁘지 않아도 되니 그냥 평범한 하루. 나에게도 내 주변에도. 어쩌면 그 어떤 날보다 더 소중할지 모르는 잘 지나간 하루를 자신도 꼭 기억하며 살고 싶다"고.

잠자리에 누웠을 때 그다지 걱정이나 기억에 남는 일들이 없었던 하루. 어떠한 고마움도 소중함도 느

낄 수 없는 지극히 무채색의 하루. 지금의 우리를 만
든 하루란 그런 무탈함의 합일지도.

답이 있는 것이 아니라 계속 고민하는 것이
중요하다고 생각합니다.

예능 〈방구석 1열〉 고레에다 히로카즈 감독

'네/아니오'로 대답할 수 없는 것들　　　(이 글에는 영화에 대한 스포일러가 있습니다) 고레에다 히로카즈 감독의 9번째 장편 영화 〈그렇게 아버지가 된다〉는 출산 시 병원의 실수로 바뀌어 6년간 키운 자식이 친자식이 아니라는 것을 알게 되면서 벌어지는 일들을 중심으로 아버지와 자식, 혈연과 시간이라는 개념을 심도 있게 다룬 가족 영화이다. 고레에다 히로카즈 감독이 영화 일로 바빠 가족과의 시간은 포기하고 집에는 잠만 자러 오던 시절이 있었는데, 다시 일하러 가기 위해 신발을 신는 현관에서 딸이 "또 놀러오세요"라고 인사하는 것을 듣고 충격을 받았다는 유명한 일화로 이 영화가 만들어지게 되었다.

〈방구석 1열〉에서 MC는 "영화의 끝에 진정한 아버지로 성장하는 캐릭터처럼 감독님도 좋은 아버지인가"라는 질문을 던졌다. 고레에다 히로카즈 감독은 이 질문에 '네' 혹은 '아니오'가 아닌 다른 답변을 했다.

우리는 항상 문제가 있으면 '맞다'나 '아니다' 혹은

'옳다'나 '그건 잘못됐다'와 같은 확실한 답을 들어야 한다는 강박이 은연중에 있다. 그것이 우리를 편안하게 만들어주기 때문이다. 하지만 그렇지 않은 문제도 있다는 것을 감독님의 문장으로부터 알게 되었다.

명확한 답을 내릴 수 없는 문제는 대개 인생과 맞닿은 것에서 발견된다. 우리가 너무 많은 시험에 길들여져서일까? 우리의 인생은 앙케트가 아니라 100년의 시간이 주어진 분량 제한 없는 주관식 시험에 가까울 텐데. 그리고 그것을 누가 어떻게 평가할 수 있겠는가.

극 중에서 남자 주인공인 아버지는 핏줄이 중요하니 원래대로 아이를 다시 바꾸어 생활했지만, 너무나도 다르게 살아온 환경에 모두가 적응하기 힘들어했다. 그 과정에서 '어쩌면 가족이란 핏줄보다 함께한 시간이 만드는 것이 아닐까'라는 의견을 슬며시 던지며 영화는 마무리된다. '가족이 맞다'라는 것은 핏줄이 정해주지 않고 함께한 시간이 정해주는 것인지도 모른다는 것. 그것을 계속해서 고민하는 자세가 진정한 가족을 만들어준다는 것을 말하고 있는 것 아닐까 하는 나름의 해석을 덧붙여본다. 답이 없는 문제이면서 내가 답을 만들어나가야 하는 문제이기도 한 것이다.

드라마 〈카이스트〉를 보면 이런 대사가 있다. "그런 문제도 있어. 평생 계속 계속 생각해야 되는 문제. 그래도 생각하는 걸 포기하면 안 되는 문제. 그런데 정답이 없는 문제." 명확한 답을 내려야만 하는 문제도 있겠지만, 평생을 끌어안고 고민해야 하는 문제도 있다. 그 문제에 대한 고민을 멈추지 않는 태도는 언젠가 인생을 우리가 그토록 바라던 정답 비슷한 곳으로 데려다줄지도 모른다.

하루 15분이어도 좋으니

인간이 만들지 않은 것을 보는 게 좋다.

《약식당 오가와》(오가와 이토, 위즈덤하우스) 요로 다케시의 인터뷰 인간은 만들 수 없는 것   이 문장을 보면 피식 웃게 된다. 왜냐하면 나는 오늘 인간이 만든 집에서 일어나 인간이 만든 침구를 치우고 인간이 만든 화학용품으로 몸을 씻고 인간이 만든 지하철을 타고 어느 인간이 만들었을 회사로 출근해 지금도 어느 똑똑한 인간이 만든 노트북을 통해 이 글을 쓰고 있기 때문이다. 그리고 나도 인간이 만들었고. 생각해보니 조금 무섭지 않나. 인간이 만들지 않은 건 대체 어디에서 볼 수 있지? 건물 사이의 꽃과 나무도 인간이 줄 세워 옮겨 심은 것들 뿐인데.

그렇다면 가까이 있는 우리 집의 화분과 고양이를 쳐다본다. 그렇지, 쟤네들은 인간이 만들지 않았지. 식물부터 한번 보자. 우리 집에는 두 개의 화분이 있는데, 얘네들이 살아 있음을 문득 느끼게 되는 순간이 있다. 어디에 두어도 태양 빛을 향한 움직임을 본다거나, 겨울이 지나 봄이 왔을 때 갑자기 성장한 모습을 보게 되는 경우다. 또 신경을 써주지 못했는데 틔워낸 싹을 우연히 보면 이 작은 식물에게 송구스러움과 위대함이 느껴지기도 한다.

이제, 고양이를 볼까? 고양이는 식물보다는 더 역동적이고 표정도 다양하다. 동물을 키워본 사람이라면 알겠지만, 언어를 쓰지 않는 것뿐이지 나에게 언제나 말을 걸고 표현하고 있다. 배고프다, 왜 이렇게 늦게 왔냐, 화장실 가고 싶다, 왜 불렀냐 등등. 그와 동시에 식물보다는 더 큰 책임감과 두려움을 느끼게 한다. 분명한 하나의 생명이고 수명이 20년이라는 생각이 문득 들면 가슴에 쿵 하고 부담이 내려앉기도 한다.

인간이 만든 것은 언제나 나에게 정보나 편의를 제공한다. 하지만 식물과 동물은 나와 교감하며 스스로 생각할 시간을 준다. 인간이 만들지 않았다는 것은 스스로 생겨난 것일 테고, 생명이 있거나 계절에 따라 변화하는 자연과 같은 것들이다. 하나 다른 것은 메시지의 방향이다. 인간이 만든 것들에게는 입력하거나 소비하는 나의 노력만이 필요한데, 인간이 만들지 않은 것들과는 주고받음이 존재한다.

단순한 감상부터 시작해 감사함과 대견함, 그리
고 두려움과 책임감의 감정까지. 인간다움을 이루
는 요소는 오히려 인간이 만들 수 없는 쪽에 존재하
는구나.

연애를 시작하면 한 여자의 취향과 지식,
그리고 많은 것이 함께 온다.
그녀가 좋아하는 식당과 먹어본 적 없는
이국적인 요리. 처음 듣는 유럽의
어느 여가수나 선댄스의 영화.
그런 걸 나는 알게 된다. …
한 여자는 한 남자에게 세상의 새로운
절반을 가져온다. 한 사람의 인간은
어쩔 수 없이 편협하기 때문에
세상의 아주 일부분밖에는 볼 수 없다.
인간은 두 가지 종교적 신념을 동시에
믿거나, 일곱 가지 장르의 음악에 동시에
매혹될 수 없는 것이다.

2013년 10월 5일, 전 〈1박 2일〉 유호진 PD의 글

친구와 동료도 세상의 다른 조각들을

건네주지만, 연인과 배우자가

가져오는 건 온전한 세계의 반쪽에 가깝다.

그건 너무 커다랗고 완결되어 있어서

완전하게 이해하기는 불가능하다.

그러나 그녀가 가져오는 세상 때문에

나는 조금 더 다양하고

조금 덜 편협한 인간이 된다.

친구를 사귀면 친구만큼의 세상을 얻는다   나는 가끔 하나의 인생만 살 수 있다는 사실이 안타까울 때가 있다. 세상에는 다양한 직업과 일이 많기 때문이다. 일생을 소설에 바친 작가, 죽는 날까지 작품을 만들다 간 영화감독, 노래와 춤으로 국경을 넘어 사랑받는 가수까지. 직접 경험해보지 못한, 절대 얻을 수 없는 인생들은 부럽고 여전히 궁금하다.

그런데 그 세계를 경험하는 방법이 있다. 다른 누군가와 친구나 연인이 되는 것이다. 그 순간 두 사람 사이엔 취향과 지식의 가교가 놓아진다. 그렇게 서로의 세계를 자유롭게 침범하기 시작한다.

주말을 책과 고양이에 바치는 사람이 있는가 하면, 요리와 수영에 시간을 쓰는 사람이 있다. 카페를 고르는 기준이 커피의 맛인 사람이 있는가 하면, 흘러나오는 음악의 장르인 사람이 있다. 나의 지식과 취향을 선명하게 만드는 것도 중요하지만, 다른 것을 좋아하는 사람이 그것을 왜 좋아하는지 관심을 가지는 것도 인생의 재미있는 포인트 중 하나다. 유호진 PD의 말처럼 다른 사람이 가져다주는 새로운 세상만큼 덜 편협한 인간이 될 수 있다는 것도 큰 장점이다.

우리는 태어나 한 사람의 인생밖에 살 수 없지만, 친구 또는 연인의 취향과 시선을 받아들이는 작은 문 여러 개쯤은 열어 놓을 수 있다. 그건 다른 사람의 인생을 경험하게 하는 정도는 아니겠지만, 보다 입체적인 안테나로 세상을 경험할 수 있을지도 모르는 일이다. 그러니 많은 친구를 만나고, 자주 사랑하는 건 인생을 풍요롭게 만드는 길이 된다. 하나의 인생만 사는 건 너무 지루하니까 열심히 만나고 부지런히 사랑하며 더 많은 사람과 새로운 취향의 가교를 놓아보는 건 어떨까.

Q. 감독님에게 관객이란 어떤 존재인가요?

A. 영화 산업에서 감독뿐 아니라 프로듀서, 특히 투자 배급하시는 분들은 관객에 대한 거대한 공포감이 있고, 그 잘못된 공포로 인해서 많은 일을 그르친다고 생각해요. '관객을 모른다', '관객의 실체가 무엇이며 관객이 뭔지 알 수 없다'라고 스스로 인정함으로써 저는 관객으로부터 해방되고 싶어요. 어차피 모르는 것이라는 거죠. 어차피 모르고 예측이 불가능할 바에는 소신껏 하자는 거죠. 자기 자신한테 충실한 게 제일 좋은 것 같아요.

'KAFA 마스터 클래스' 봉준호 감독 인터뷰

인정으로 해방된다　　제92회 아카데미(오스카) 시상식에서 4관왕의 역사를 남긴 봉준호 감독의 과거 인터뷰를 찾아보았다. 한국영화아카데미(KAFA)에서 마련한 자리로, 영화인들과의 문답이 주를 이루었다. '극복되지 않는 불안과 공포 : 영화 창작 과정에서 우리를 두렵게 하는 것들'이란 어마어마한 제목을 달고 있던 영상은 제목과는 다르게 나에게도 적용될 수 있는 내용으로 가득했다. 그중 나를 가장 움직이게 한 문장은 마지막 질문에 대한 감독님의 답변이었다. 그 자리의 주제를 관통한 그 문장은, 나를 포함해 무언가를 계속 만들어내야 하는 창작자라면 공감할 수 있을 것이다. 결국 소비해줄 사람들에 대한 기대감과 공포에 대한 것 말이다.

영화가 만들어지려면 많은 사람의 투자가 필요하다. 투자자는 시나리오의 재미와 감독의 연출력, 제작진의 포트폴리오와 출연 배우의 티켓 파워 등 많은 것을 고려하지 않을 수 없다. 투자는 이익을 내기 위한 것이니까. 광고 또한 마찬가지다. 광고주가 큰 돈을 마케팅에 쓰기로 결심하면, 당연히 가장 잘한다는 광고회사에 일을 맡겨 궁극적으로 들인 비용 이상의 좋은 결과를 얻기 원한다. 광고주와 광고회사 모두가 큰 기대와 공포를 느낄 수밖에 없는 구조다.

결국 영화제작자와 광고제작자는 피할 수 없는 공포 앞에 해서는 안 되는 자기 검열을 시작한다. '관객들은 이런 거 싫어하는데', '다른 영화 보니까 이런 걸 좋아하던데', '흥행하려면 이런 장면이 필요하던데'. 이와 같은 피드백을 적용한 영화나 광고는 대부분 '천편일률'이라는 말을 설명하는 데 유용한 예시가 되었던 것 같다. 물론 성공하는 결과물도 존재하지만.

소위 '잘 만들었다', '획기적이다' 하는 창작물을 보면 같은 창작자로서 '어떻게 설득시켰지?'라는 생각이 먼저 든다. 아무리 좋은 생각도 위와 같은 자체 검열에서 대부분 사라지기 때문이다.

우리는 사람들을 모른다고 인정해야 한다. 과거의 결과를 앞으로의 창작 활동의 근거로 사용한다면 답습만 계속될 뿐이다. 물론 적지 않은 비용이 걸려 있고 실패해선 안 된다는 걱정이 늘 함께하지만 새로운 것, 사람들이 좋아할 만한 것을 과거의 답습으로 찾는 행위가 더 위험한 것 아닐까?

일상에서 저는 화장하는 것을 즐기는 편이
아니에요. 물론 중요한 일이 있는 날에는
합니다. 특히 배우로서 좋은 모습을 보일
때는 대단한 전문가들의 도움을 받아요.
스타일리스트, 메이크업 아티스트,
헤어 아티스트가 바로 그들이지요.
그들의 손길로 저는 비로소 배우 임수정의
모습으로 변하게 됩니다. 그래서 그들은
언제나 저에게 고마운 존재이자
무척 사랑하는 사람들이지요.
하지만 보통의 저의 모습이 담긴 사진은
이 정도가 최선이에요.

임수정 인스타그램

민낯이 자신 있는 것도 아니어서 저도
더 예쁜 모습으로 올리면 좋겠습니다만…
몸 상태의 작은 변화도 얼굴에서 표현이 되는
나이가 사실인데 어찌하겠어요, 하하.
저의 가장 친한 친구는 이미 귀엽고
사랑스러운 아이들의 엄마이며 행복한
가정을 이루었고 그것이 자연스러운 거죠.
다만 저는 그녀와 다른 길을 선택해서
살고 있는 것뿐이지, 평소 저는 제 나이를
정확하게 인지하며 살고 있습니다.
그리고 지금의 저를 인정하고 사랑합니다.

부끄러워해야 할 진짜 민낯　　임수정 배우는 자신의 인스타그램에 셀카를 업로드했다. 수수하고 편해 보이는 민낯의 일상 사진이었다. 그런데 이상한 댓글이 보였다. 읽어보니 '얼굴에 나이가 보이네', '관리를 안 하네'와 같은 외모를 평가하는 내용이다. 이틀 뒤 배우는 다시, 같은 민낯 셀카와 함께 이 글을 업로드했다. 예상과는 다르게 민낯을 해명하는 글도, 평가하는 댓글을 탓하는 글도 아니었다. 지금 자신의 모습을 사랑한다는 내용의 글이었다.

자신의 개인 계정에 올린, 완벽하게 꾸미지 않은 자연스러운 얼굴이 우리가 보던 모습이 아니라는 이유로 누군가에게 싫은 소리를 듣다니. 동안 배우라는 이미지가 오래도록 따라다녀서 그런 걸까? 아니다. 그런 댓글에 정당성을 부여하는 근거를 찾을 필요는 없겠지.

자신을 사랑하는 사람은 뿌리가 깊어서 어떤 외부 환경에도 쉽게 흔들리지 않는다. 뿌리가 약한 사람들이 남의 영역을 침범하면서까지 거칠게 밀고 지나가보려 하지만, 그녀는 무슨 일 있었냐는 듯 여전히 자연스러웠고 그 속은 단단했다. 임수정 배우의 문장은 내가 본 가장 우아한 공격이었다.

영화가 세상을 변화시킬 능력은 없겠지만,

영화를 보며 수다를 떨다 보면

우리 스스로의 고정된 생각을

변화시킬 수는 있다고 믿습니다.

세상은 영원히 옳은 나와 이상한 너로

구성되는 것이 아니라 함께 이야기하며

변화하는 우리로 구성된다고 믿기 때문입니다.

예능 〈방구석 1열〉 변영주 감독 하차 소감

함께 이야기하며 변화하는 우리　　나는 〈방구석
1열〉이라는 영화 예능을 참 좋아했다. 이 예능은 어
떤 영화를 이야기하든 언제나 사람의 이야기로 마무
리되는데, 이는 결국 영화가 우리 사람의 이야기를
재료로 만들어지기 때문이다. 그리고 그 재료로 고
정관념이 사라진 자리에 새로운 가치를 빚어내는 시
간이 참 좋았다. 다만 언제나 충돌이 일어나는 지점
의 이야기가 자주 재료로 활용되기 때문에 선이 그
어지는 다소 예민한 지점을 만난다. 선과 악, 남과
여, 좌와 우, 옳음과 그름. 이것은 인류가 수천 년 동
안 싸우고 있는 문제이기도 하다(앞서 이야기했던
답이 있는 문제가 아닌 계속 고민을 이어나가야 하
는 문제가 이런 것 같다).

　종교와 이념, 인종과 성별 같은 문제는 시대를 가
리지 않고 충돌을 만들어낸다. 이런 상황에서 어떤
자세를 취해야 맞는가 고민하는 나에게 변영주 감독
은 '옳은 나와 틀린 너'가 아니라 '다른 우리'일 뿐이
라는 사실로 혼란스러운 마음을 토닥여준다.

하나의 생각만 갖고 평생을 살아가는 사람은 없다. 우리는 살면서 자주 생각을 변화시킬 기회를 만난다. 예전엔 이해하지 못했던 것들이 지금에 와서는 '그럴 수도 있지'가 되고, 그땐 생각 없이 했던 말이나 행동들이 '그러지 말았어야 했는데'가 되는 경험을 한 적이 있을 것이다. 그 순간이 부끄러웠기 때문에 은연중에 피했던 적이 많았기도 하고.

인류의 숭고한 가치의 무게와는 사뭇 다르지만 나의 작은 경험을 예로 들면, 예전에 한 선배를 죽도록 미워한 적이 있다. 나의 시선으로 봤을 때는 마음에 들지 않는 것투성이였다. 하지만 그때의 선배만큼의 연차가 쌓인 지금에 와서는 그토록 미웠던 선배가 이해되는 순간이 있었다. 딛고 있던 위치와 해결해야 했던 문제가 달랐을 뿐이었는데 왜 그렇게 미워했던지. 그러니 끝까지 미운 타인은 없다. 그때의 내가 이해하지 못했을 뿐.

우리는 언제나 옳을 수 없고, 타인은 언제나 틀리지 않기 때문에 이런 충돌을 겪으며 생각은 변화한다. 그러므로 영원히 옳은 나도, 죽을 때까지 이상한 너도 없는 것이다. 〈방구석 1열〉을 떠나며 변영주 감독이 건넨 이 마지막 문장은 이러한 의미 있는 충돌을 겸허히 받아들이고 즐길 필요가 있다는, 중요한 이치를 나에게 선물해줬다. 함께 이야기하며 변화하는 우리가 되기 위해서.

사실 요즘에 제가 그런 걸 해요. 친구들이랑

'굳이 데이(day)'를 만들었어요. 뭔가 하려고

하면 친구들끼리 하는 말 있잖아요.

굳이? 굳이 거기에 가서 밥을 먹어야 돼?

'굳이 데이'는 그 '굳이'를 하는 거예요.

조개구이 먹고 싶지 않냐?

그럼, 굳이 인천 가서 먹자!

낭만을 찾으려면 귀찮음을 감수해야 하는 거

같아요.

조승연(WOODZ)

인생의 다양한 장면은 비효율에서 나온다　　우리는 그 어떤 곳보다 가성비와 효율을 중요하게 생각하는 나라에 살고 있다. 실패를 두려워하는 마음에서 비롯된 것인데, 그런 날카로운 분위기 속에서 이렇게나 비효율적인 일을 추천하는 문장은 큰 울림을 준다.

곰곰 생각해보면 인생의 다양한 장면은 비효율에서 나온다. 계획 없이 친구부터 부르는 일, 연인을 집에 보내기 싫어 건물을 빙빙 도는 일, 날씨가 좋아 몇 정거장 더 일찍 내려 집으로 걸어가는 일, 조개구이가 먹고 싶어 이왕이면 강화도까지 가서 먹는 일. 여기에 시간과 비용을 합리적이고 효율적으로 쓴 일이 있나? 그런데 이런 일만큼 재미있는 일이 또 있나?

'굳이 day'가 부담된다면 '굳이 moment'는 어떨까. 먹고 싶은 맥주가 있는 편의점을 찾아다니는 저녁, 지하철 말고 버스를 타보는 퇴근길, 들어본 적 없는 장르의 음악을 탐험해보는 일. 더 넓고 새로운 세상을 향한 '굳이 해보는 경험'들을.

어딘가에 혹은 누군가에 대한

질투심으로 묶여 있다면

매듭을 조금씩 풀어내어

스스로를 해방시켜야 한다.

누군가가 지지하는 감독이 되긴 싫다.

쿠엔틴 타란티노 감독

지지받는 창작자의 늪　'시네밋터블'이라는 영화 모임이 있다(@cinemeetable). 민용준 영화 기자님과 이주연 미식 기자님이 영화와 그 영화 속의 상징적인 음식을 페어링하는, 이 시대에 맞는 공감각적인 모임이다. 나는 이 모임을 좋아해서 몇 번이나 참여했는데, 마지막으로 갔던 모임에서 쿠엔틴 타란티노 감독의 영화로 이야기를 나눴다.

스타성이 대단한 감독인 그가 어느 인터뷰에서 한 발언을 알려주셨는데 '누군가가 지지하는 감독이 되긴 싫다'라는 문장이었다. 쿠엔틴 타란티노 감독이 10편의 영화만 만들고 은퇴하겠다는 의지를 밝히며 했던 말이라고 한다.

나이가 들면서 감각이 무뎌짐에 따라 영화의 퀄리티도 자연스럽게 무너져가는데 자신은 그런 무너져가는 영화를 만들고 싶지 않기에 10편의 영화만 만들겠다던, 그래서 자신이 만족하지 못하는 영화를 만들어도 사람들이 지지해주는 것이 싫다는 뜻으로 난 해석했다(감독님의 원래 의도와는 다를 수 있다).

정말 이상한 사람이라는 생각과 정말 대단한 사람이라는 생각이 동시에 들었다. '지지받는 창작자'는 모든 창작자가 바라는 지점이면서 동시에 두려워하는 지점이기 때문이다. 10년째 카피라이터를 하면서 늘 창작의 쾌감과 두려움을 안고 살고 있는 나이기에 더 와닿았는지도 모른다.

나는 창작이란 수많은 벽을 뚫는 것과 같다고 생각한다. 나와 대중 사이의 벽, 전 작품과 다음 작품의 벽, 좋은 것과 더 좋은 것 사이의 벽과 같은 것들. 몇 개의 벽을 뚫어야 좋은 결과가 나오는지는 아무도 모르지만, 분명한 사실은 벽을 뚫지 않는다면 좋은 건 나오지 못한다. 그리고 그 벽을 뚫는 과정에는 큰 고통이 수반된다.

만약 나를 무조건 지지해주는 사람이 있다면 벽을 뚫을 필요가 사라져버리고 그 자리에 자연스레 편안함을 느끼며 머물게 될 것이다. 그래도 누군가가 지지해주기에, 그래서 무엇이 문제인지 알 수 없기에, 창작자는 자신의 벽 사이의 좁은 방에 영원히 갇힐 수밖에 없게 된다. 그렇게 딜레마, 매너리즘 같은 것들이 창작자의 반짝이는 생각을 상하게 만든다.

쿠엔틴 타란티노 감독은 그런 추한 결과를 얻을 바에 영화를 만들지 않겠다 선언했다. 한낱 직장인인 내가 그 어떤 대담한 선택을 하겠냐마는, 행동하진 못해도 언제나 맹목적인 지지의 두려움을 안고 사는 것은 나쁘지 않아 보인다. 창작자가 가장 두려워해야 할 것은 박수받는 순간의 자신일지도 모르니까.

Q. 시합을 하면 상대가 잘하길 바라세요,
못하길 바라세요?

A. 그전에는 떨궈라 떨궈라 하는 마음으로
있었어요. 근데 순간 너무 부끄러운 거예요,
제가. 나만 아는 부끄러움 있잖아요.
내가 1등 하고 싶으니까
쟤가 어떠한 노력을 했든지
실패했으면 좋겠다고 생각하는 게
너무 부끄럽더라고요. 그래서 그때
'너 준비한 거 다 해라. 나도 내가 준비한 거
다 할 테니까' 이렇게 생각하니까
마음이 너무 편한 거예요.

예능 〈유 퀴즈 온 더 블록〉 장미란 편

내 두 발로 서 있기　사람을 위아래로 길게 늘어뜨려 보는 사람들이 있다. 이들은 종종 남을 깎아내리고 끌어내려 자신의 위치를 보다 높게 만들려 한다. 음원 차트도 박스오피스도 아닌데, 사람을 줄 세우려 하는 이 행동은 낮은 자존감으로부터 기인한 질투심일 것이다. 사실 이건 나의 모습이기도 했다. 쟤는 집이 잘살아서, 유명한 회사에 다녔으니까, 실력이 아니라 운이 좋아서. 지금 생각하면 얼굴이 시뻘게지는 하찮은 질투다.

과거의 나는 내 두 발로 서 있지 못하고 늘 남의 존재에 내 존재를 묶어버리곤 했다. 경쟁 상대이거나 더 잘나 보이는 타인이 더 위로 가지 못하게 나에게 묶어버리려 했다. 나 이상으로 더 높이 가지 못하게 말이다. 하지만 그런 마음으로는 남을 붙잡지 못했다. 결국 그 잘난 사람들은 자유로이 자신의 세상을 펼치고, 제자리에 머무는 건 나 자신이었다. 내가 묶어 놨다고 생각했던 건 하찮게 바닥에 붙어 있는 내 못난 자존감이었고.

장미란 선수는 1등을 바라는 마음으로 상대의 실패를 기도했지만, 어느새 자신의 부끄러움을 인정하고 자신에게 집중하는 순간 비로소 타인으로부터 해방되었다. 질투의 매듭을 풀어 훨훨 날아가게 된 것이다.

나는 세상 사람 모두가 다 같이 같은 땅을 딛고 땅따먹기하며 살아가는 거라 생각했다. 그래서 방어적이었고 내 영역을 침범하려 든다면 싸울 준비를 했고, 이겨서 위에 올라서려 했다. 하지만 사실은 각자의 땅 위에 서 있는 것이었다. 지금은 남을 끌어내리려 하지 않지만, 사람이라면 그런 이기와 질투가 가끔 목젖을 치고 올라올 때가 있다. 그럴 때를 대비해 언제나 내 땅을 내 자신의 힘으로, 두 발로 딛고 서야 한다는 자각이 필요하다.

너는 너, 나는 나. 타인을 의식하는 시간을 다시 내 땅으로 가져올 필요가 있다. 어딘가에 혹은 누군가에 대한 질투심으로 묶여 있다면 매듭을 조금씩 풀어내어 스스로를 해방시켜야 한다. 바보같이 내 목

줄을 바닥에만 묶어두면 결국 주저앉는 것은 나일 뿐이다. 남이 자신의 땅에서 농사를 하든 집을 짓든 나는 내 땅만 돌보면 될 일이다.

그렇게 내 땅을 잘 가꾸다 심심하거나 남의 땅이 궁금해질 땐 맛있는 디저트 하나 사 들고 친구의 땅에 놀러 가는 것이다. 너는 그렇게 살고 있구나, 나는 이렇게 살고 있단다. 각자의 땅 위에서 자신의 힘으로 따로, 또 같이 일상을 나누며.

제가 스물세 살 때 쓴 곡이에요.
저희 엄마가 라식수술 하신 다음에
세상이 너무 잘 보인다는 거예요.
그래서 "잘 보이니까 좋아?" 하고 물으니
별로 안 좋대요. 옛날에는 그냥 뿌옇게
보여서 세상이 훨씬 예쁘게 보였는데,
이젠 너무 선명하게 보이니까
생각보다 아름답지 않다는 거예요.
저는 원래 눈이 좋아서 그 말이
충격적이었어요.

아이유, 2019년 콘서트에서 〈안경〉을 소개하며

그러니까 뭐든지 자세히 보려고 하고,
완벽하게 알려고 하고, 다 알고 싶고,
그런 게 꼭 좋은 건 아닐 수도 있겠다.
그냥… 조금 멀찍이 보고, 조금 대충 아는 게
사는 데 더 좋을 수도 있겠구나, 하는 생각에
영감을 받아서 작곡했어요.

조금 멀찍이, 조금 대충　　현대사회에서 선명한 것은 대부분 좋은 것으로 해석된다. 더 선명해지는 카메라의 화소가 대표적인데, 그래서 더 깨끗하고 맑은 피부와 또렷한 인상이 사랑받고 있다. 이렇게 선명함을 추구하는 기술은 결국 사람에게 적용된다. 너무 잘 보이게 되니 배우들은 피부 관리에 스트레스를 받는다고 한다. 모공까지 다 보이는 카메라라서 이젠 피부의 수식어로 '4K 피부'라는 것이 생겼을 정도다.

　물론 기술의 발전은 더 편리한 삶을 가져온다. 그런데 모든 것을 선명하게 보게 되면 우리의 감각은 얼마나 더 바쁘게 일을 해야 할까. 내 친구 중에서도 비슷한 사례가 있다. 눈이 좋지 않은데 평소에 안경을 쓰지 않는 친구다. 이 글을 쓰고자 시력을 물어보니 매일 렌즈를 착용하는 내 눈과 거의 비슷할 정도로 나쁜 시력을 갖고 있었다. 이유를 묻자 친구는 "그냥… 흐릿하면 다 예뻐 보이고 좋아"라고 했다. 필요 없는 선명한 정보는 받아들이지 않고, 풍경과 사람을 예쁘게 보는 데에 흐릿함을 쓰다니, 이렇게 멋질 수가 있나! 선명하게 불행한 것보다 흐릿하게 만족하는 삶이 주는 우아함을 느꼈던 문장이었다.

우린 어릴 적부터 정신력으로 모든 걸
해내라고 강요받는 것 같다. '하면 된다'는
말처럼 잔인한 말이 어딨지? 다이어트할 때
식욕이 솟구치는 것도 다 육체적인 이유가
있는 거다. 공부할 때 도저히 머릿속에
내용이 들어오지 않는 것도,
우울감이 심해져서 대인기피가 생기는 것도
육체적 이유와 환경적 이유가 크게 작용한다.
의지력이 없다고 자책하지 마.
아주 미세한 것들 때문에 일이 꼬이고
의지력이 줄어드는 것이다.

출처 미상

주변의 공기, 뇌 속 산소량, 체력,
오늘 먹은 음식, 지금 입은 옷,
이런 것들이 영향을 끼친 걸 수 있다.
스스로의 멘털을 탓하기보다는
아주 작은 육체, 환경적 요소를 바꾸는 게
놀라운 나비효과를 일으킨다.
방 안을 환기시키고 공원이나 놀이터에서
제자리뛰기를 하고, 구글링으로 명화를 봐.
원래 우린 다 연약하니까 자책 말자.

정신력은 아무런 힘이 없다　　어느 커뮤니티의 게시판에서 발견한 문장이다. 제목을 보자마자 그 내용이 궁금해졌다. 정신력은 힘이 없단다. 정신력으로 공부하고, 정신력으로 대학 가고, 군대 다녀오는 나라에서 정신력에 힘이 없다니.

　우리는 어렸을 때부터 정신력에 대한 중요성을 교육받아왔다. 보이지 않는 정신에 힘이 있다고 생각했고, 그것을 기르는 방법은 누구도 알려주지 않았지만 정신에 힘이 없으면 게으르거나 나약한 존재라여겨지기 일쑤였다.

　마감일에 맞춰 새벽까지 글을 쓰다가 몸이 뻐근해잠깐 산책을 하고 왔는데, 갑자기 글이 잘 써지던 경험을 한 적이 있다. 혹은 유난히 회의가 많아 기운이 빠지던 날, 후배가 준 초콜릿을 먹고 마음이 안정되던 기억도 있다. 그것은 '그런 것 같은 기분'이 아니라, 외부의 환경과 자극이 내 몸에 화학반응을 일으킨 결과였다. 당분과 탄수화물을 적게 먹으면 세로토닌 분비가 감소되고, 이 세로토닌은 쾌락을 주관

하는 도파민과 불안을 담당하는 노르아드레날린 신경의 밸런스를 맞추는 기능을 하기 때문에 결론적으로 세로토닌 결핍은 우울감을 유발시킨다. 당분 혹은 탄수화물을 공급해주면 이 불균형은 해소되는 문제였던 것. 정신력이 이 과정에서 할 수 있는 것은 하나도 없다.

그러니 수많은 마음의 상태를 나의 정신 탓으로만 돌리는 건 잘못됐다. 집중이 안 되면 10분이라도 걸으면서 신선한 공기를 마시고, 피곤하면 스트레칭을 하고, 지루하다면 새로운 음악을 들어보고, 몸이 지친 듯하면 맛있는 과일을 먹으면 된다. 지금 괴롭고 힘든 건 수많은 환경, 기회, 타이밍에서 비롯된 결과일 뿐 스스로를 자책할 필요 없다.

'아름답다'에서 '아름'은 무슨 뜻일까요?

어떤 모습을 보고 '아름답다'라고 했을까요?

15세기 《석보상절》에 나오는 '아름답다'에서

'아름'은 '나'를 뜻하는 말이래요.

그래서 '아름답다'는 '나답다'라는 뜻이랍니다.

내가 나다울 때 가장 아름답다는 표현을

쓴다고 합니다. 너무 예쁘지 않나요?

'아름답다'라는 뜻이 '나답다'라는 뜻인 게.

유튜브 〈정형돈의 제목없음TV〉

오늘에게서 찾는 즐거움   '학생은 학생다운 게 제일 좋다'라는 말이 있다. 모두가 어렸을 적 들어봤을 고리타분한 문장. 그때 그렇게나 구태의연하다고 생각했던 저 문장을 지금 내 책에서 소개하려 한다.

우리는 언제나 현재를 살아가면서 언제나 현재가 아닌 순간을 바란다. 학생 때는 빨리 어른이 되고 싶어 하고, 어른이 되면 또 과거로 돌아가고 싶어 하는 것처럼. 이 무슨 우스운 아이러니일까. 그렇다면 우리는 대체 언제 현재를 살아가는 것일까. 왜 항상 우리는 지금의 자기 모습을 부정하는 것일까. 내 생각엔 지금의 자신이 마음에 들지 않기 때문인 것 같다. 그래서 항상 과거나 미래에서 나다움을 찾는 게 아닐까.

나다움이란 뭘까(이런 말을 내뱉고 나도 나다움이 뭔지 몰라서 검색을 해봤다). 많은 사람이 나다움에 대한 질문을 던진다. 사실 나도 정확히는 모르지만, 어떠한 새로운 가치를 얹기보다는 우리가 늘 마주하는 자연에서 찾아보고자 한다.

나는 1년 전부터 캠핑을 시작했다. 그러다 보니 봄에는 봄만의 예쁨이 있고, 여름에는 여름만의 즐거움이 있음을 정확하게 안다. 계절은 서로의 장점을 자부할까? 자연(自然)이라는 말 그대로 그냥 그렇게 되는 것이다. 나는 그렇게 흘러가는 계절이 주는 제철의 아름다움을 느끼면 되는 것이고. 지금처럼 제철을 놓치지 않고 만끽하면서 계절을 더욱 선명하게 인식하면 된다. 계절은 매년 반복되지만 그해의 그 계절은 한 번뿐이다. 그래서 그 흘러가는 현재의 유일함을 감사한 마음으로 느낀다. 사람도 마찬가지 아닐까. 계절은 계절이 해야 할 일을 하면서 마침내 계절다운 것처럼.

돌아갈 수 없는 과거나 미리 갈 수 없는 미래를 부러워하지 않고, 지금의 유일함을 만끽하며 현재를 마주 보는 순간 나다움은 완성될 수 있다. 방법은 지금 내가 할 수 있는 것을 하는 것이다. 학생 때는 공부를, 직장을 얻었다면 일을, 연애한다면 사랑을, 계절이 왔다면 캠핑을.

나다움은 계절처럼 자연스럽고, 입었을 때 가장 편안한 옷을 찾는 것과 같다. 그러니 나다움을 의식하지 않고 현재를 인식한다면 나다움도 자연스레 다가오지 않을까. 그런 의미에서 "나다운 게 뭔데!" 하며 울부짖었던 드라마의 한 장면은 잘못됐다. 나다움이란 내가 이미 가진 유일함을 알아채는 것일 테니까. 누구에게 물을 필요 없이 말이다.

바닷가재는 딱딱한 껍데기 안에서
살고 있는 부드럽고 연약한 동물입니다.
문제는 바닷가재가 성장해도, 그 딱딱한
껍데기가 절대 커지지 않는다는 것이었습니다.
그렇다면 바닷가재는 어떻게 자라는 걸까요?
바닷가재가 성장할수록 껍데기는 점점
바닷가재를 조여옵니다. 그리고 바닷가재는
좁은 껍데기 때문에 불편함을 느끼게 되죠. …
바닷가재가 성장할 수 있도록 자극하는 것은
바로 '불편함을 느끼는 것'입니다. …
우리가 스트레스를 받기 시작했다는 건,
곧 우리가 성장할 때가 되었음을 의미합니다.

아브라함 트워스키 박사

스트레스를 받는다는 건 성장할 때가 되었음을 의미한다   과거에 겪었던 대부분의 스트레스가 지금에 와서는 별거 아닌 것처럼 느껴질 때가 있다. 당시에는 하나의 문제가 닥칠 때마다 세상이 무너지는 듯했는데, 뒤돌아보면 뭘 그런 걸로 힘들어했나 싶다. 그 이유는 단순히 시간이 지나 고통에 둔해졌다기보다 그 정도의 한계는 이미 뛰어넘어 강해진 것이라 생각한다.

그러니까 스트레스를 받는다는 건 어느 지점까지 성장한 내가 그 지점의 끝인 천장에 계속 머리가 닿는 상태가 아닐까. 어느새 성장해버린 나를 감당하지 못하는 작은 껍데기에 계속 고통받는 것이다. 그러다 어찌어찌 그 한계의 천장을 격파하면, 허리도 쭉 펴고 상쾌한 공기도 마시고 '문제가 있었던가요?' 하는 표정으로 다시 쑥쑥 자랄 수 있게 된다. 다음에 또 비슷한 문제를 맞닥뜨리면 전과는 다르게 그런 것쯤 별거 아니라는 듯 이겨낼 수 있을 것이다. 스트레스를 받아들이고 넘어서는 힘이 어떤 한계를 넘으면서 강해졌기 때문이다. 우리가 성장이라 부르는 과정이다.

나는 입사했을 당시 사람들과 소통하는 일이 무섭고 힘들었다. 전화 공포증이 있었고, 사회인들이 나누는 스몰 토크에 대한 부담이 꽤 컸다. 하지만 지금은 그게 문제인지 인식하지 못할 만큼 자연스러워졌다. 분명 예전에는 커다랗게 느껴졌던 문제들이 지금은 별 볼 일 없이 작아졌다. 더 이상 같은 문제로 스트레스를 받지도 않게 되었다. 지금은 정말 별것 아닌 게 되었다.

문제는 늘 새로운 얼굴로 찾아오겠지만, 우리는 그 문제들을 하나둘 넘으며 성장해 또 다음 천장에 닿게 된다. 그리고 그걸 깨어가며 우리는 또 자란다. 게이지를 채워야 진행되는 레벨업의 고통과 비슷하다. 한계가 찾아올 때마다 그것이 내가 또 한 번 성장할 수 있는 기회라고 생각하면 너무 낙천적인 해석일까? 지금 많이 힘들다면 레벨업을 코앞에 둔 보스몹을 상대하고 있다고 생각하자. 보스몹을 물리치

고, 레벨업을 하면 보란 듯이 이전 레벨보다 더 성장
해 있을 테니까.

Q. 교수님, 정의란 무엇이라 생각하세요?

A. 자기 할 일을 하는 거죠.

Do your job(네가 할 일을 해라).

뉴잉글랜드 패트리어츠를 명문 구단으로 만든

빌 벨리칙 감독의 말이에요.

남들이 뭐라 하든 휘둘리지 말고

그저 너의 할 일을 하면 된다는 거죠.

첫 번째는 자신의 일이 무엇인지

아는 것입니다. 자기 일의 근거는 교과서에서

찾아야 할 것 같아요. 구조대원은 무슨

일이 있어도 어떤 오더가 내려오더라도

사람을 구해야 하고, 의사는 어떻게든

생명을 책임져야 합니다.

예능 〈대화의 희열〉 이국종 교수 편

그런데 누구의 의중이라든가 누구의
업무 지시 방향이 이럴 것이다, 하고
지레 생각해서 윗사람이나 여론의 눈치를
살피느라 내 일의 교과서적인 의미를 잊는다면
그때 정의는 무너진다고 생각합니다.

'정의'는 무엇인가   이 문장을 보니 나는 그동안 정의를 꽤 단편적으로 이해하고 있었던 것 같다. 착한 사람과 못된 사람, 좋은 것과 나쁜 것, 주인공과 빌런, 권선징악 뭐 그런 것들로.

'정의는 무엇일까'라는 질문에 이국종 교수님은 '자신의 일을 하는 것'이라는 뜻 모를 대답을 하셨다. 그런데 설명을 들으니 정의는 착하고 나쁜 것 사이에 선을 긋는 게 아닌 듯하다. 생각보다 위대하거나 슈퍼 히어로만이 할 수 있는 일도 아닌 것 같아 보인다.

정의란 사회에서 부여받은 각자의 일을 해내는 것. 경찰이 범죄를 막고 해결함으로써 우리의 안전이 지켜지고, 의사가 병을 찾고 치료함으로써 우리가 계속 건강할 수 있는 것. 사회에서 존경받는 직업이 아니어도 마찬가지다. 카피라이터는 카피라이터가 할 일을 하면 된다.

정의와 가장 비슷한 말을 찾으라 한다면 '일상'이 아닐까. 해야 할 일을 한다는 약속을 모두가 지켜줬기 때문에 어제와 같은 오늘이 있는 것이다. 해야 할 일을 하지 않아 일상이 무너졌을 때 정의도 무너지게 되는 것이고.

자신의 일을 해내는 것이 정의를 지키는 것이라 생각하면 우리 모두 퍽 멋지지 않나. 잘 지켜봤자 최대치는 평범한 일상이라 그동안 모르고 살았을 뿐이다. 우리는 오늘도 모두가 지킨 정의 속에서 살아가고 있다.

사람은 혼자 보는 일기장에도
거짓말을 씁니다.

드라마 〈안나〉 포스터 카피

나는 내 눈치를 제일 본다　　보는 순간 '앗 들켰다' 라고 생각한 문장이다. 왜냐하면 내가 바로 그런 사람이었기 때문에.

　올해 초 새로운 마음가짐으로 일기장을 사서 한동안 썼던 기억이 있다. 부끄럽지만 너무 철없는 행동을 했다면 슬쩍 지워버리고 나중에 보면 스스로를 멋지게 느낄 것 같은 그럴싸한 단어를 일부러 골라 썼다. 왜냐하면 미래의 내가 지금의 나를 바보같이 볼까봐 두려워서였다. 나중에 이 일기를 읽고 비웃을 미래의 내 눈치를 보고 있었던 것. 이걸 깨닫고 난 후 그냥 일기를 쓰지 않기로 했다. 일상의 기록이 아닌 미래의 나를 위한 소설이라고 느껴지는 순간 이 행위는 무의미해졌기 때문이다.

　나는 〈안나〉라는 드라마를 보지 않아서 우선 저 문장의 맥락을 알기 위해 내용을 검색했다. 가진 것 없는 주인공 안나가 사소한 거짓말 하나로 시작해 거짓으로 부유한 삶을 살아간다는 이야기였다. 영화 〈리플리〉처럼 스스로까지 속이는 줄거리 정도로 예상된다. 드라마와 영화로 만들어져 소수의 엄청난 이야기 같지만, 앞서 말했던 나의 사례처럼 사실 우리의 일기장에서 벌어지는 일이기도 하다.

우리는 종종 스스로를 속이려고 하지만, 끝까지 속일 수 없는 것이 바로 내 자신이다. 나로 시작된 거짓은 결국 나를 속이지 못하고 끝이 나버린다. 그리고 그 속에서 가장 고통받는 건 결국 또 나다. 뭐 나처럼 평범한 직장인이 일기장에 거짓말을 쓴다고 해서 드라마나 영화처럼 인생의 파국을 맞이할 것은 아니겠지만, 그 사소하고 얄팍한 눈속임까지 모두 기억해 결국 민망해지는 것 또한 내가 감당해야 할 몫이다. 일기장의 거짓말은 정말 좋은 영향이라고는 눈곱만큼도 없지 나.

솔직함은 솔직히 두렵다. 내 과오를 영원히 기록해놓는 것은 더 두렵다. 그런 척이라도 하며 살아가야 하는 세상의 탓도 있다. 하지만 그럴수록 실수를 드러내는 사람의 가치는 올라간다. 모르는 걸 모른다고 말하고, 힘들면 도와달라고 요청하는 사람은 사랑스럽다. 잠깐 민망할 순 있겠으나 결국 지나고 보면 그 사람의 용기 있는 모습만 남는다.

　내 눈치를 보다간 평생 척만 하다 끝날 수 있으니 이젠 내 눈치를 그만 볼 궁리를 시작해보자. 일단, 나부터!

취미로 그리는 거라 잘하지 않아도 되고
정해진 것도 없어서 자유로움을 느껴.
물론 그리다 보면 더 잘 그리고 싶은 욕구가
생기는데 나랑만 합의 보면 되는 감정이니까
스트레스 받을 일이 없지. 뭐든 빨리
질려버리는 타입이라 새로운 취미가 생겨도
흥미가 금방 떨어졌었는데, 그림은 접근성이
쉬워서도 있고 하고 나면 뿌듯함이 남아서
꾸준히 하게 되는 것 같아. 일에선 만족하고
충분하다는 감정을 느끼기가 어려운데
일 아닌 것에는 한없이 관대해져.
그런 게 또 필요한 것 같아.

수지 브이로그

일에게는 취미가, 취미에게는 일이 필요하다　이 책을 쓸 수 있게 된 이유인 '문장 모으기'를 주제로 몇 번 강의를 한 적이 있다. 그 강의에서는 문장 모으기 외에도 '도보마포'라는 인스타그램 페이지를 만들거나 개인 프로젝트를 하는 등 여러 딴짓을 많이 한 나의 취미들을 소개했다. 그러면 항상 비슷한 질문이 오더라. 일 말고 그렇게 좋아하고 잘하는 것이 밖에 있는데, 퇴사하고 좋아하는 것만 할 생각이 없느냐 하고.

그 질문을 받고 곰곰이 생각하다 뱉어낸 답은 이거였다. "회사가 없었다면 딴짓도 없었다"는 것. 회사가 주는 전문성과 월급과 적당한 스트레스는 나를 기본적인 사회 구성원으로 살아가게끔 했고, 회사 밖에서의 딴짓은 회사가 준 스트레스를 푸는 창구가 되어준다. 만약 일을 하지 않았다면 스트레스 받을 일 없이 편안한 삶을 살았을 것이고, 다른 재미를 찾으려 노력하지 않았을 것이다. 그리고 반대로, 회사 밖에서 딴짓하면서 나를 풀어주지 않았다면 이렇게 오래 회사 생활을 할 수 없었을지도 모른다. 회사는 나를 취미로, 취미는 나를 다시 회사로 등 떠밀어줬다. 재미있는 것들이 나에게 뿌듯함과 즐거움을 주면, 또 회사에서는 일로써 약간의 긴장감과 함께 성장하는 힘이 되는 것이다. 그래서 일에게는 취미가, 취미에게는 일이 필요하다. 그 질문 덕분에 나는 일과 취미가 서로를 지탱하고 있음을 깨달았다.

신기하다. 회사가 주는 일은 있는 힘 없는 힘 다 짜내서 해야 그나마 어찌어찌 맡은 일을 해내는 것 같은데, 취미는 도리어 힘들게 하고 있으면서도 에너지가 충전되는 느낌이 든다. 처음 '도보마포'를 만들 때 난 하루에 카페 대여섯 곳을 다니며 커피를 마셨다. 그리고 벚꽃 시즌이 되면 마포구의 벚꽃 스폿을 소개하고자 아침 일찍 일어나 몇 킬로를 걸어 다녔다. 힘들었냐고? 전혀. 그런데 회사에서 엑셀 파일 하나 만드는 건 왜 이렇게 지치는가.

이런 경험으로 힘은 몸의 체력이 아닌 마음의 체력이라는 것도 동시에 깨닫는다. 그래서 '나랑만 합의 보면 되는 감정'이라는 수지의 말에서 취미가 주는 굉장한 힘을 다시 한번 알게 된다. 몸보다는 마음이 지쳤던 것. 그래서 스스로를 풀어줄 수 있을 정도의 울타리를 쳐놓고 마음껏 뛰놀며 나에게 한없이 관대해지는 취미의 시간이 필요하다. 이렇게 회사는 취미에게, 취미는 회사에게 에너지를 서로 빚지며 살아간다. 그 사이, 슬픔과 기쁨을 반복하며 성장하는 내가 있다.

불안해서 안심이다. 불안은 에너지니까.

윤종신 인스타그램

불안은 나를 키우는 에너지　　애석하지만 불안이야
말로 우리를 키우는 에너지다. 불안한 마음은 항상
우리를 불안하지 않은 방향으로 이끌었기 때문이다.

성적이 떨어지지 않을까 10분 더 앉아 있는 불안,
스펙이 뒤처지지 않을지 뭐라도 해보는 불안, 더 좋
은 아이디어가 떠오르지 않을지 하루 더 고민해보는
불안을 우리는 평생 껴안고 살아간다.

나의 경험에 빗대어보면 이러한 불안으로 시작된
일은 생각보다 큰 만족을 주지 못했다. 잘해봤자 불
안이 사라지는 정도의 결과만 있을 뿐이었다. 하지
만 우리는 불안을 이런 식으로 활용해 크고 작은 문
제들을 해결해왔다. 마음에 들지 않았던 그 결과들
은 어쩌면 내가 할 수 있는 베스트였을지도 모르고.

어쩌면 더 위험한 건 불안을 느끼지 못하는 무감
각이다. 여기서 무감각은 불안을 느끼지 못하는 둔
한 감각이 아닌, 정확히는 나아갈 지점을 발견하지
못했다는 것을 뜻한다. '이 정도면 되지 않을까', '어
떻게든 되겠지', '망해도 난 몰라' 이런 생각은 회사

생활의 권태기에 종종 찾아온다. 자신을 채찍질하며 야근하라는 말이 아니다. 불안함의 감각이 사라지는 작은 두려움을 눈치채지 못하면 그대로 10년이고 20년이고 안주하게 된다. 그러면 가장 피해를 입는 건 결국 내가 된다.

회사를 그만두고 걱정 없이 쉴 때가 있었다. 한 달 정도는 행복했지만 그 뒤로는 두려웠다. 불안한 게 없어서 불안했달까. 시간이 많아지면 나는 더 창의적이고 자유로운 사람이 될 줄 알았지만, 그동안의 내 모든 창의력은 약간의 스트레스와 불안이 원동력이 되어주었던 것. 그러므로 불안은 모순적이지만, 안심해야 하는 감정에 가깝지 않을까 하고 조심스레 말하고 싶다. 덧붙여 불안을 기준점 혹은 목표 지점을 찍고 현재의 나와 이상적인 나 사이에 부족한 것을 발견해내는 능력으로 해석해보고자 한다. 우리는 이 힘으로 부족했던 공백을 채워가며 더 나아갔던 것이라고.

그러니 조금 불안해도 괜찮다는 말로 마무리하려

한다. 불안은 아이러니하게도 결국 우리를 불안하지 않은 방향으로 이끌어주는 유일한 에너지임을 우리는 알아야 한다. 앞으론 불안을 슬프게만 받아들이지 않아도 된다. 우리가 더 나아갈 준비가 되었다는 뜻이기도 하니까. 모든 지나온 것은 불안으로 만들어진 성취였다. 불안을 덜 미워하고 불안의 감정을 느끼더라도 덜 괴로워했으면 한다.

제가 (증권 투자 리스크) 시스템 관리를
하는데, 시스템조차도 100% 맞길 원하지
않아요. 99%만 맞으면 "이 시스템은
훌륭하다, 옳다"라고 얘기하거든요.
결국 100% 하지 말고 99%만 해도 돼요.
그게 최선이라고 저는 생각합니다.

다큐 〈다큐멘터리 3일〉 '여의도 미생 72시간' 편

기계처럼 일하기　〈다큐멘터리 3일〉에서는 우리나라에서 가장 열심히 일한다는 사람들이 모인 여의도의 72시간을 조명했다. 정말 열심히 일하는 사람이 많은 동네임을 실감하며 보는 중 증권 투자 리스크 시스템 관리를 하는 분과의 인터뷰가 있었다. 오랜 시간 일을 한 그는 시스템을 예로 들며, 주어진 일의 99%만 해도 시스템은 훌륭하고 맞다는 평가를 받는다며 그것도 충분한 최선이라 말했다. 시스템이 부러워지는 순간이었다. 나는 내 능력의 120%를 했다고 생각했을 때도 밤에 이불을 뻥뻥 차며 후회했었는데.

그때부터 이런 생각을 해본다. 기계나 시스템처럼 일해볼까? 통상적으로 기계처럼 일한다는 말은 인간의 권리를 존중받지 못하고, 공장의 기계처럼 쉴 틈 없이 돌아가는 것을 뜻한다. 그런데 사실 기계는 전기가 들어올 때만 일을 하고, 어느 정도의 오차는 허용되며, 문제없이 잘 돌아간다며 평가받는 합리적인 구간이 설정된다. 그 정도의 수준만 해도 선택받고, 계속 쓰인다. 기계처럼 일한다는 말이 다시금 조명되는 순간이다. 더불어 우리는 기계보다 더한 잣대로 스스로를 평가하고 있다는 사실도 깨달았다.

회사 생활을 하며 나를 가장 힘들게 만드는 건 항상 나였다. 늘 100%의 결과물만을 원했고, 모든 것이 목표에 닿지 못했다고 판단했다. 완벽주의자라는 그럴싸한 수식어를 붙일 일도 아니다. 그저 회사 일이든 사람과의 관계든 대화 중 내뱉은 말이든 모든 것에는 후회가 습관처럼 따라붙었으니.

그러지 말았어야 했는데, 조금 더 완벽하게 해야 했는데, 야근 좀 해야 했는데, 몇 번 더 확인했어야 했는데. 꼼꼼하지 못한 내 탓, 아직 연차가 부족한 내 탓, 더 좋은 걸 만들지 못한 내 실력 탓.

최고는 단순하다. 누군가가 상을 준다거나, 누군가가 부러워한다거나, 미디어에 소개되거나, 댓글이 많이 달리거나 하는 방식으로 선택받는다. 하지만 최선은 뭐라 기준을 세울 수 없다. 문제가 일어나지 않는 정도일까. 티가 나지 않는다(제조업이 아닌 광고, 이커머스를 하는 나이기 때문에 그럴지도. 이건 각자의 직업마다 조금씩은 다를 수 있겠다). 그래서 최선보다는 최고로 존재하기 위해 늘 나를 일에 갈아 넣으며 살아왔다. 그런데 대한민국에서 가장 열심히 일한다는 사람이 "시스템도 완벽하지 않은데"라며 담담하게 우리를 다독이고 있다.

이제 경주마처럼 달리는 것을 멈추고 기계나 시스템처럼 적절한 온 오프를 하며 내가 한 최선에 칭찬해주는 버릇을 들여야겠다.

끊임없이 타인에게 나를 증명하는 것으로
내 존재가 확인된다면 나는 이미 타인의
식민지다.

트위터 @dlklee

타인의 지배에서 벗어나기　　최근 나도 몰랐던 내 욕구를 하나 발견했다. 남에게 인정받고 싶어 한다는 것. 그 인정으로써 회사에서의 내 쓸모를 인지하게 되고 만족하게 된다는 것도. 이게 특별할 것도 없는 것이, 회사를 다니는 사람이라면 어느 정도의 인정욕구는 장착하며 살아간다. 그런데 나에게 이 사실이 크게 와닿았던 시점은 10년 차인 내가 주니어에서 시니어로 위치가 바뀐 사건 이후다.

팀장님을 믿고 따르던 시간은 끝났고, 내가 이끌어가고 판단해야 하는 입장이 된 것. 그러니 누구도 나에게 잘했다며 칭찬하거나 쉽게 인정해주지 않는다. 그래서 더 목이 말랐던 것 같다. 나는 생각보다 회사에서 '철저한 보상'으로 움직이는 사람이다. 물론 월급도 중요하지만 나를 움직이게 만드는 진짜 보상은 '인정'에 있다. 오히려 돈으로 줄 수 없는 '칭찬'이나 '하림 님 덕분'이라는 말이 나에게 굉장한 원동력이 된다. 입장이 바뀌니 그런 말을 해주는 사람이 없어 늘 배가 고팠나 보다. 원반을 던지면 빠르게

물어 주인에게 가져다주며 '또 언제 던질 거예요?'
하고 반짝이는 눈으로 바라보는 처량한 강아지 같기
도 하다. 그렇다면 내 주인은 내가 아닌 것 아닌가.

어느 팀장님의 팀원이었을 때는 이 기질을 큰 장
점으로 써먹을 수 있었다. 나는 시킨 건 열심히 잘하
는 타입이었으니까. 그런데 이제 시키는 사람이 없
다. 원반을 던져주고, 칭찬해줄 사람이 없어졌다. 끊
임없이 "저 잘했죠?" 하며 나의 존재를 만들어왔다
는 사실이 조금은 안타까웠다. 그 중간에서 배운 것
도 많지만, 문제는 회사라는 장소를 떠났을 때다.

무언가를 움직이는 힘은 움직이는 주체 속에 있어
야 한다. 자동차처럼 엔진을 품고 있어야 내가 원하
는 방향으로 핸들을 요리조리 돌려 나아갈 수 있다.
설사 그게 잘못된 방향이라도 나의 선택에 의해 나
아간다. 하지만 바람에 의해서만 떠 있을 수 있는 낙
하산이라면 바람이 주문하는 대로 움직일 수밖에 없
다. 바람이 없다면 날 수도 없을 것이고. 나는 그 지
점이 두려웠다.

이제는 안다. 칭찬하는 것도, 인정하는 것도, 혼내는 것도 모두 내 안에서 일어나야 하는 일임을. 그렇지 않고 타인에 의해 내 존재를 증명한다면, 나는 타인의 식민지와 다름없음을 수시로 나에게 알려줘야 한다. 주도권을 놓치지 말라고.

어린이들은 항상 성인 여러분을 지켜보고
있습니다. 매 순간 여러분의 모든 것을
배우고 있습니다. 여러분의 아주 작은
말과 행동 하나까지도 어린이들에게
아주 훌륭하거나 아주 나쁜 영향을
끼칠 수 있습니다. 어린이들의 멋진 거울이
되어주세요. 존중할 수 있고 믿을 수 있는
좋은 어른이 있다는 것을 직접 보여주세요.

영화 〈우리 집〉 촬영 수칙 :
어린이 배우들과 함께하는 성인 분들께 드리는 당부의 말

좋은 어른이 무엇인지 본때를 보여주자   언젠가 카피라이터 친구들끼리 다 같이 모여 윤가은 감독의 〈우리들〉이라는 영화를 관람했었다. 아무런 정보 없이, 그래서 기대 없이 본 영화였는데 엔딩 크레딧이 올라가자마자 우리 모두는 저마다 다른 이유로 감독님의 팬이 되었다. 친구들과 내가 공통적으로 감탄했던 부분은 아역 배우들의 섬세한 감정을 담아냈다는 것이었다. '어떻게 이렇게 일상을 똑 떼어놓은 것처럼 영화에 그대로 담아냈을까?' 하면서.

얼마 지나지 않아 윤가은 감독님의 다음 작품 소식이 들려왔다. 이번에도 아이들이 주인공인 〈우리 집〉이라는 영화라고 했다. 같은 감동을 기대하며 기다리던 중 페이스북에 돌아다니던 글을 보게 되었다. 종이 한 장엔 영화 〈우리 집〉 스태프에게 당부하는 아홉 가지 배려가 쓰여 있었다. 어린이 배우를 위한 어른들의 배려를 요청하는 글이었다.

당연한 말이기도 했고, 미처 생각하지 못한 부분이기도 했던 그 배려들은 어린이 배우들이 어린이로서 좋은 컨디션을 유지할 수 있도록, 그리고 배우로서 배역에 집중할 수 있도록, 배우이자 한 인격체인 어린이를 위한 아주 정중한 글이자 좋은 어른의 자세란 무엇인지 보여주는 글이었다.

나도 여태껏 수십 번의 촬영을 하고 아역 배우들과의 작업도 몇 번 진행했지만 그런 따뜻한 촬영 수칙은 처음이었다. 글을 읽으며 씩 웃지 않을 수 없었고, 그때 우리가 감탄했던 영화의 완성도는 기술적인 것 이전에 누군가의 세심한 배려가 먼저 존재했구나를 알 수 있었다. 멋진 영화의 주재료는 카메라 워크도, 아름다운 색감도, 음악도 아닌 어른들의 배려가 먼저였음을.

배려와 태도라는 것은 눈에 보이지 않아 늘 놓치고 만다. 우리는 손에 잡히고 만질 수 있는 결과물만을 향해 달리니까. 나쁜 건 아니지만 대단한 회사나 엄청난 프로젝트를 손에 넣는다 해도 언젠가 그만두고 지나갈 것들이 대부분이고 남는 건 함께했던 동료와 시절을 추억할 만한 좋은 기억이지 않나.

손에 남는 것만큼 마음에 남는 태도와 배려를 다시 내 마음에도 새기고 싶었던 영화 〈우리 집〉의 어른들의 모습이었다.

'보는 것만 고수'라는 말이 있다. 예민한데
게으른 족속들한테 일어나는 현상이다.
너무나 다양하고 많은 체험으로 보는 감각만
일류라는 얘긴데, 보는 것만 일류가 되어서는
머리만 큰 아이로 남아 있을 공산이 크다.

《김지운의 숏컷》(마음산책), 김지운

예민한데 게으른 족속들에게   평가는 쉽다. 우리는 어렸을 때부터 너무 좋은 것만 보고 자랐다. 계속해서 더 좋은 게 쏟아지는 세상 덕분에 우리는 좋은 평가의 눈을 가졌다.

평범한 대중의 수준은, 특히 대한민국에서 문화를 소비하는 사람들의 기준은 굉장히 높다. 넷플릭스의 인터뷰를 보면 "한국에서 통한다면 글로벌에서도 통한다라는 공식이 존재한다" 말했고, 또 글로벌에서 성공하지 못하더라도 한국에서 반응이 있었다면 성공적인 콘텐츠로 판단한다고 한다. 시청률이라는 지표가 존재하지 않는 넷플릭스 콘텐츠의 성공 여부는 무려 한국 사람들의 선택인 것.

하지만 이렇게 높은 문화적 감각을 지니고 있을수록, 그리고 무언가를 창작하는 사람일수록 더욱 평가에 두려움을 담아야 한다고 생각한다. 김지운 영화감독의 책에서 나온 이 문장은 창작자, 제작자들에게 '눈'보다 중요한 건 '발'임을 깨닫게 해준다. 직접 해봐야 한다는 것. 생각보다 보는 것만큼의 퀄리티는 잘 만들어지지 않고, 사람들의 생각은 너무 비슷해서 지금 내가 구상하는 아이디어가 유일한 것 같지만 동시에 누군가 그것을 구상하고 있을지도 모른다.

내 주변에는 광고회사와 쇼핑 플랫폼을 다니는 이러한 창작자가 많다. 늘 좋은 평가를 받는 창작자들의 특징을 살펴보면 너무나 부지런하다는 것. 그리고 평가에 앞서 움직이는, 즉 시도해보는 친구들이 많았다. 뷰티 브랜드 광고를 전문으로 제작하는 프로덕션의 PD는 매번 화장품의 제형과 아름다운 표현법을 찾아 깊은 고민에 빠진다. 헤어 세럼이 자연스럽게 흐르게 하기 위해 구부린 철사를 사용하기도 하고, 카메라의 역동적인 움직임을 위해 한 손에 바닥을 뚫는 드릴을 쥐고 촬영하기도 했다더라.

결국 우리가 보는 것은 잘 만들어진 광고나 제품이겠지만, 그 뒤에는 예민하면서도 부지런한 족속들이 늘 존재했다. 그래서 우리가 좋은 것을 보고 평가할 수 있는 것이다. 좋은 것만 누리고 싶다면 이 말이 와

닿지 않겠지만, 무언가를 창작해내고 더 좋은 것을
만들기 위한다면 그 높은 안목의 예민함을 실현시킬
약간의 부지런함이 필요하다는 것을 잊지 말자.

배려와 존중을 가장하며 장애인과
비장애인을 구분 짓는 광고 내용 속에,
한국 사회가 행한 차별의 역사가 담겨 있다.

〈AP신문〉
'[장애인의 날] 한국 광고사 40년은 장애인 차별의 역사였다' 하민지 기자

소수를 대하는 방식에 대하여　　CSR이라는 단어가 있다. Corporate Social Responsibility의 약자로 기업의 도덕적 책임이라는 뜻이다. 쉽게 말해 사회 공헌을 말한다.

휴지를 만드는 회사가 사막에 나무를 심는다거나 소상공인을 위해 자동차 브랜드에서 차를 지원해준다거나 저소득 여성 청소년에게 생리대를 기부하고 시각 장애인에게 점자 달력을 기부하는 등 당장의 이익 추구보다 장기적인 기업 가치를 위해 사회에 투자하는 기업들의 CSR 활동은 과거부터 오랫동안 지속되어왔다.

이러한 활동이 만들어진 이유에는 과거 제품만 잘 만들면 되는 시대를 지나 브랜드의 진정성과 철학, 사회 공헌도를 브랜드 가치 판단 지표로 삼은 성숙한 시민들의 힘이 컸다. 이런 시대에 나도 카피라이터로서 CSR 캠페인에 몇 번 참여할 기회가 있었고, 다른 브랜드의 CSR 캠페인 또한 꾸준히 지켜보고 있다.

그러다 본 어느 기사의 제목이 나의 심기를 건드
렸다. 그 말이 틀려서가 아니라, 그 말이 너무나 맞아
서였다. '한국 광고사 40년은 장애인 차별의 역사였
다'는 이 한 문장이.

기술이 생활에 편의를 가져다주는 것처럼 몇몇 기
업은 그들만의 기술로 장애인에게 도움을 주고 있
다. 기술로 농아인에게 목소리를 선물하고, 기술로
휠체어를 탄 사람을 일으키기도 한다. 아마도 '말 못
하는 사람은 목소리를 가지고 싶을 테고, 못 걷는 사
람은 걷고 싶겠지?'라는 생각에서 시작했을 것이다.
이처럼 몇몇 광고는 비장애인의 시각으로 '결점'을
찾아내 그것을 '보완'해주는 방식으로 아이디어가
탄생한다. 결국 '비장애인처럼' 생활할 수 있도록 만
들어주는 것이 목적이 된다.

이에 대해 장애인 단체는 늘 비판의 목소리를 보
내왔다. 하지만 그 목소리에 귀 기울이지 않았으니
아직까지 비장애인들만이 감동하는 장애인을 위한
광고가 계속 만들어지는 거겠지. 의도했든 의도하지

않았든 잘못된 접근 방식이 많았다는 사실은 누구도 부정할 수 없을 것이다.

장애인에게는 격려, 배려, 따뜻한 시선, 먼저 손 내미는 행동이 무조건 필요한 걸까? 장애가 있는 사람은 대부분 위대하거나 특별한 사람인가? 장애는 한계라거나 극복해야 할 지점으로 말할 수 있나? 우리는 무슨 권리로 소수를 불쌍하게 보고, 마음대로 특별하게 만드는 걸까? 가끔 그들에게 가장 폭력적인 건 우리의 따뜻한 눈일지도 모른다.

크리에이티브의 폭발력은 위치에너지와 비슷하다. 문제와 솔루션의 격차가 클수록 큰 감동과 반응이 나온다. 이는 광고 제작자들에게 포기할 수 없는 달콤한 부분이면서, 넘지 말아야 할 선을 넘게 되는 가장 큰 이유가 된다. 감동적인 결과물만을 위해 더 불쌍한, 더 절망적인 소재거리만을 찾는 건 부끄러워해야 하는 모습이다.

2019년 애플의 세계 개발자 컨퍼런스(WWDC)에서 애플 맵스의 제품 디자인 디렉터 메그 프로스트가 키노트 연설자로 나왔다. 그녀는 한쪽 다리가 없는, 휠체어를 탄 장애인이었다. 하지만 그녀는 애플 직원 중 한 사람일 뿐, 특별하지도 불쌍하지도 않은 그저 자신의 일을 해내는 1인으로 역할을 다하고 퇴장했다.

UN 연설에서 시각장애인인 스티비 원더가 마이크 버튼을 찾아 책상을 더듬거리고 있을 때, 김연아 선수가 수행비서에게 '내가 도움을 줘도 되느냐'라고 묻곤 동의를 얻은 후 도움의 손길을 내민 건 유명한 일화다. 애플의 사례는 장애인을 대하는 이상적인 시선, 김연아 선수의 사례는 도움을 주는 방식의 좋은 예라고 생각한다.

장애인을 바라보는 시선은 (말장난 같지만) 바라보지 않는 것이 맞는지도 모른다. 우리는 예전부터 한 '사람'이 휠체어 탄 모습을 보는 게 아니라, '휠체어'를 탄 사람을 바라보고 있진 않았을까?

장애인, 사회적 약자, 피부색이 다른 다문화 가정을 이야기할 때 '우리 이렇게 달라도 함께해요. 다채롭

고 아름답죠'라 말할 것이 아니라 아무도 다르다는 의
문을 갖지 않는 지루한 일상을 꿈꿔야 할 것이다.

현재는 중요한 시간이 아니라

유일한 시간인 것이다.

그러니 지켜내야 한다.

미래를 위한 유일한 오늘을.

Q. 과연 e스포츠가 스포츠인가?

A. 몸을 움직여서 활동하는 게 기존의
스포츠 관념인데, 그것보다 중요한 건
경기를 하고 준비하는 과정이 많은 분께
좋은 영향을 끼치고 또 경쟁하는 모습이
영감을 일으킨다면 그게 스포츠로서
가장 중요한 의미라 생각합니다.

2022 항저우 아시안게임 이상혁(페이커) 선수 인터뷰

사전적 정의에 묻히지 말 것　　사전적 정의만을 잣대로 두고, 그것을 기준으로 옳은가 그른가를 판단했다면 이상혁 선수의 이 문장을 들여다봤으면 한다.

"과연 e스포츠가 스포츠인가?"라는 어느 기자의 질문을 누군가는 예의 없는 질문이라 했고, 또 누군가는 언젠가 화두에 올랐어야 했던 질문이라 하기도 했다. 나 또한 두 가지의 생각이 동시에 들긴 했다. 온라인 게임이 스포츠라고? 내가 아는 스포츠는 몸을 움직이면서 인간의 한계를 시험하고 겨루는 것이었는데.

이상혁 선수는 이 질문에 아주 멋지게 답한다. 내가 생각할 수 없던 방식으로 말이다. 스포츠의 사전적 정의에 부합하느냐가 아니라 스포츠가 가진 속성에 빗대어 e스포츠를 스포츠의 영역으로 껴안았다. 맞다. 우리는 '인간의 한계가 몇 점인가'를 다루는 것보다 선수의 노력과 과정에 늘 박수를 보냈다. 그 멋진 도전은 누군가에게는 감동의 드라마가, 누군가에게는 새로운 도전으로의 계기가 되었다. 이 속성이 e스포츠도 다르지 않다는 것에 완벽하게 설득되었다.

e스포츠 또한 누군가에게는 감동의 드라마이고, 또 누군가에게는 도전하고 싶은 직업이기도 하다. 나를 포함한 우리는 너무 스포츠의 사전적 정의에 얽매여 책상 앞에 앉아서 하는 것이 어떻게 스포츠인지에 대한 의문을 늘 품어왔던 것이다. 부끄러워지는 순간이며 또 감탄하게 되는 순간이다.

비슷한 예로, 내가 좋아하는 일본 밴드가 있는데 이 밴드는 특이하게 보컬, 기타, 피아노, DJ 4인으로 구성되어 있다. 이들이 점점 두각을 나타내면서 한편으론 '드러머도 없는데 밴드라 부를 수 있는가?'라는 논란의 목소리가 들려오기도 했다. 하지만 이들은 어디를 가더라도 '일본 정상의 록 밴드'라 불린다. 프론트맨인 보컬은 이런 의견을 철저히 무시했고 음악으로 증명했다. 결국 하는 장르는 록이기 때문이다. 구성원이 어찌 됐든 록 밴드임은 변하지 않았다.

요즘은 세상의 긴장도가 너무 높다. 다들 옳은가

그른가를 두고 틀리기만 해보라 하며 도끼눈으로 서로를 노려보는 듯하다. 기준에 맞는가 아닌가를 따지기보다 우리에게 결국 와닿는 형태에 부합하는지를 좀 더 동그란 시선으로 유연하게 봐주면 어떨까. 그러면 우리가 좋아하는 스포츠, 음악 등 모든 분야가 더 다채로운 즐거움으로 발전하지 않을까.

여성의 몸과 운동에 대한 사회적 인식이
달라지고 있습니다.
몸이란 누군가에게 보여주기 위해서가 아닌,
내가 하고 싶은 것을 제대로 더 오랫동안
할 수 있게 사용하는 도구일 뿐이라는 생각.
운동이란 전시하는 몸에서 기능하는 몸을
위한 것이란 생각.

〈TVCF ADZINE〉 '안다르 광고 캠페인' 리뷰 중

전시하는 몸에서 기능하는 몸으로   여기서는 운
동으로 변화를 겪어본 이야기를 한번 해보고 싶다.

처음 운동은 살을 빼고 싶다는 생각으로 시작했
다. 끈기는 없지만 시킨 건 하는 타입이라 선생님 말
씀대로 한 번도 운동을 빼먹지 않고 주 2~3회 하면
서 식단을 조절했더니 처음 몸무게에서 약 8kg을 감
량했다. 근육은 유지한 채 운동했으니 체지방만 뺀
것이다. 만족스러운 결과를 얻은 후에도 나는 지금
까지 운동을 그만두지 않고 계속 하고 있다. 이유는
체중 감량 이상의 것을 얻었기 때문이다.

더 이상 침대에 오래 누워 있어도 허리가 아프지
않고, 환승할 때 지하철 계단쯤은 인상 쓰지 않고 가
볍게 오르내릴 수 있다. 자전거를 탈 땐 페달을 밟는
고단함보다 속도가 만들어준 시원한 바람을 더 즐길
수 있게 되었고, 운동 후 땀에 전 운동복이 그렇게 싫
진 않으며, 운동한 날 밤엔 내일, 그다음 내일 달라진
내 모습을 기대하며 잠이 든다. 이렇게 말하니 무슨
대단한 운동선수 같지만 이제 고작 평균 체력을 갖

게 되었을 뿐이다. 하지만 나의 인생에서는 기념비적인 사건이 되었다. 내 몸이, 내 근육이 기능을 한다는 사실을 알게 되었기 때문에.

아름다우려면 말라야 하고, 가벼워야 한다는 생각을 은연중에 가지고 있었다. 많은 사람이 그 관습으로 인해 스스로를 옥죄여왔던 역사는 과거부터 현재까지 이어지고 있다. 하지만 나는 운동으로 내 몸에 대한 만족의 출처가 타인의 시선이 아니라 스스로일 때 가장 건강하다는 것을 알게 되었다. 그뿐인가. 나는 근력 운동을 하면서 처음으로 강해지고 싶다는 생각을 했다. 더 많은 무게를 이겨내고 싶었고, 더 횟수를 늘리고 싶어졌다. 과거의 나는 정말 상상할 수 없던 모습이다.

레깅스 브랜드 안다르 광고에는 77세 패션모델이 나오고 플러스 사이즈 모델이 나온다. 예쁜 라인을 살려주는 레깅스가 다가 아닌, 레깅스는 더 강한 나를 위해 사용하는 도구라고 말한다. 그야말로 시대의 흐름에 부합하는 이야기, 내가 듣고 싶었던 이야기이다.

　가늘어진 팔보다 단단해진 허벅지를 더 뿌듯해하는 내 모습을 보면 운동이란 사람의 마음가짐까지 단련시킨다는 생각이 든다. 전시하는 몸에서 기능하는 몸으로의 변화. 얼마나 멋진 변화인가. 나는 이 변화를 오래, 가능하면 평생 즐기고 싶다.

Q. 철학에서 그런 질문 많이 하잖아요.
"인생의 의미가 뭘까?"라고. 그런데 질문의
답을 잘 못 찾을 땐 어쩌면 질문이 잘못된
것일 수 있대요. 그래서 바꿔보면,
"나의 인생에 어떤 의미를 부여할까?"가
올바른 질문이지 않을까 싶어요.
A. "우리 인생은 어떤 의미가 있지?"라는
질문은 정답이 정해져 있어요. 의미 없어요.
"내가 내 인생에 어떤 의미를 부여할까?"라는
질문은 각자의 답이 있는 문제예요.
그러니까 답을 찾을 수 있어요.
허무한 답이 있는 잘못된 질문으로
오랜 시간 고민하기엔 인생은 짧아요.

예능 〈대화의 희열 2〉 유시민 편

나는 내 인생에 어떤 의미를 부여할까   나는 종교
도 없으면서 마치 누군가가 내 인생의 의미를 정해
놓은 것처럼 자주 인생에 대한 답 없는 질문을 던지
곤 한다. 살아가는 주체는 나이고 내가 결정해야 하
는 문제인데, 많은 사람이 닦아 놓은 소위 성공의 코
스를 기준으로 삼아 나의 성공과 실패의 척도를 마
련했기 때문이다.

수많은 책과 미디어에서 '너의 인생은 너의 것, 네
가 만들어가는 것'이라고 말하지만 사실 그렇게 생
각하기는 쉽지 않다. 미디어에서는 여러 형태로 분
명하게 성공한 인생과 실패한 인생을 보여준다. 그
리고 그 인생과 비교해 내가 가진 걸 추려보면 내 인
생이 어떻게 될 것인지 약간은 알 것 같아 불안한 마
음에 계속 인생의 의미를 찾는지도 모르겠다.

인생이 뭔지, 인생의 의미가 무엇인지도 모르는
시절의 기억을 더듬어보면 모두가 그랬듯 타인의 시
선으로 내 인생의 길을 정하려 했던 것 같다. 그때는
주변 가족과 친구들의 기대가 나를 행복하게 만들었

으니까. 지금도 별반 다르지 않다. 글을 썼는데 반응이 좋다거나, 일을 잘한다는 말을 들으면 기분이 좋아지고 의욕이 샘솟는 걸 보면.

타인의 기대를 기대하는 마음으로 인생을 꾸려나가는 건 수동적이지만 안 좋게 볼 일은 아니다. 만족스러운 인생을 꾸리는 방법 중 하나이기도 하니까. 하지만 한 해 한 해 살아낼수록 느낀다. 내면에서 오는 불안과 기대는 생각보다 부담스럽고, 그것을 컨트롤하지 못하는 모습을 보는 것이 다시 스스로를 힘들게 하기 때문에.

계속해서 던졌던 나의 인생에 대한 질문은 결국 나의 내부에서부터 해결해야 한다는 것을 이제야 천천히 깨닫고 있다. 어렸을 때 남들의 기대 어린 시선을 먹고 인생을 꾸렸다면, 이제 나아가는 동력은 스스로가 만들어내야 한다는 것. 나아가는 동력의 주체가 나일수록 힘은 더욱 커진다는 것을 알았다. 그렇게 천천히 주도권을 나에게 넘겨주다 보면, 즐거울 때 즐거울 수 있고 힘들 때 이겨낼 수 있는 힘을 가질 수 있다. 아마 우리는 이 주도권 싸움을 죽을 때까지 해야겠지만.

살다 보면 오랜 시간 인생의 의미를 고민하는 때가 온다. 그땐 질문을 달리해보자. 스스로가 주체가 되어 내가 그 사건에, 그 인생에 어떤 이름표를 붙여 줄 것인지.

저는 10년 후의 행복을 보장할 수 있는
유일한 근거가 오늘의 행복이라고 믿기에,
현재는 중요한 시간이 아니라
유일한 순간이라고 믿기에,
이 회사를 떠나고자 합니다.

어느 신입사원의 사직서

'다음'은 다음에   이 문장은 2007년 어느 인터넷 커뮤니티에 올라와 화제되었던 대기업 신입사원의 사직서 중 한 부분인데, 언젠가 EBS 〈지식채널e〉에서도 다룬 적 있을 정도로 문장의 파장은 컸다. 화제가 된 지 20년이 다 되어가지만, 이 문장을 보면 마치 지난주에 일어난 일을 읽는 것 같은 기분이 든다. 많은 것이 변했지만 그대로인 것도 많기 때문일까.

이 문장을 본 사람들의 반응은 크게 두 가지로 나뉘었다. '좋은 직장을 걷어찼네', '배가 불렀네', '어디 나가서 잘되나 보자' 하는 사람들과 부끄러운 마음으로 박수를 보내는 사람. 나는 어느 쪽의 사람도 아니었고 다만 이 사직서로 인해 나는 어떻게 살고 있는가를 긴 시간 곱씹어볼 수 있었다.

나 역시 그렇게 살아왔다. 취직 이후 업무에 치여 오늘은 바쁘니까 약속은 다음에, 이번 달은 힘들었으니까 고향은 다음에, 친구도 가족도 사랑도 다음에. 바쁨을 훈장처럼 달고 행복은 나중을 기약했다. 그 행복한 미래를 당겨와 쓰는 줄도 모르고. 소름 돋는 사실은 10년 차가 된 오늘의 나 역시 피곤함에 약속을 다음으로 미루고 이 글을 쓰고 있다는 것.

우리는 10년이고 20년이고 오늘을 희생하며 '다음에', '다음에'라고 한다. 그 '다음'이란 지금이 쌓여 만들게 될 나중이라 지금의 행복이 없다면 나중의 행복도 있을 리 없을 텐데. 계속 미래에 빚을 지고 그걸 갚아나가며 살고 있다. 당겨쓴 시간을 갚느라 내일도 모레도 바쁜 내 미래에 행복이 있을 리 없지. 그러니까 나중에 행복해질 일도 없지. 누군가의 사직서 속 문장은 오늘도 다음으로 미뤄버린 나에게 이러한 생각이라도 할 그나마의 시간을 주는구나.

그런 질문이 있다. 1년에 한 번뿐인 날은 언제일까? 예전 어느 예능에서 가수 god의 리더 박준형이 이 질문에 1월 1일도 한 번뿐이고, 1월 2일도 한 번뿐이라며 웃으며 말한 것이 기억난다. 당시 그 멘트는 해외에서 오래 살다 온 멤버의 엉뚱한 시선 정도로 비춰져 웃음을 유발했지만 내겐 아직도 그 말이 가슴 깊이 남아 맴돈다. 한 번뿐인 날은 연속된다는 사실이.

우리는 매일 유일한 날들을 살아가고 있다. 유일하기에 그 어느 날도 포기할 수 없다. 10년 후의 행복을 보장할 수 있는 유일한 그것은 '오늘의 행복'이다. 현재는 중요한 시간이 아니라 유일한 시간인 것이다. 그러니 지켜내야 한다. 미래를 위한 유일한 오늘을.

Q. 요즘 재미있니?

A. 재미있어야지만 사나! 재미없어도
파이팅하는 거지 뭐. 항상 재미있을 필요도
없는 거 같아. 옛날에는 '행복! 행복! 행복!
행복해야 돼!'에 빠져 있었던 것 같아.
근데 행복한 게 따로 있는 게 아니야. 지금
문제없으면 행복한 거야. 난 그렇게 생각해.
행복해야 되는 것도 강박 아니냐는 거야.
사실은 그 보물을 놓치고 있지 않았나 하는
생각이 들 때가 좀 있어.
지금 별일 없어서 행복해.
그게 행복인 것 같아. 다른 게 행복이 아니라.
나는 행복이라는 정의를 그렇게 내려.

유튜브 〈버거형〉 조인성 편

재미가 별건가, 행복이 별건가   행복을 찰나의 감
정으로 오해하는 사람이 많다고 누군가 그랬다. 행
복은 순간이 아니라 상태라는 것. 우리는 평생을 행
복하고 싶어 하지만 행복한 감정은 흥분 상태에 가
깝다. 24시간 가슴 뛰며 살아갈 수는 없지 않은가.

그래서 앞으로는 별거 아닌 것에 행복의 상태를
두어야겠다. 나름 행복의 정의를 바꾸어보는 것. 극
심한 치통에 시달려 한 달을 내리 신경 치료를 받다
가 마무리한 다음 날, 나는 치통이 없는 평범한 하루
에 감사와 행복을 느꼈다. 행복은 무언가가 '있는' 것
이 아니라 '없는' 상태가 아닐까.

고통이 없고 걱정이 없는, 갈등이 없고 부담이 없
는 상태. 특별히 좋거나 나쁘지 않은, 미지근하며 별
일 없는 행복. 행복이라는 말을 오래도록 곁에 두려
면 '있는' 것보다 '없는' 행복을 바라야겠다.

근력 운동에서 실패 지점에 도달했다는 건
더 이상 반복할 수 없는 체력적 한계점에
도달했다는 거예요. 하지만 우리는 매일
운동을 반복하면서 그 실패 지점을
늘려갈 거예요. 그러니까 이 실패는
단순한 실패의 의미가 아니에요. 재미있죠?

김진우 원장님(나의 PT 선생님)

내일은 부디 더 큰 실패를   2020년부터 나는 본격적으로 운동을 시작했다. 30년 넘도록 운동과는 데면데면한 사이를 유지하며 조심히 쓴 몸인지라 주변에서 첫 운동은 1:1로 트레이너의 도움을 받을 수 있는 개인 PT로 시작하는 것이 어떻겠냐며 추천해주었다.

그렇게 만나게 된 나의 PT 선생님은 제대로 된 운동이 처음인 나에게 동작마다 이것을 하는 이유를 차근차근 설명해주신다. 초반 체력 테스트를 하는 날도 운동에 앞서 친절한 설명을 먼저 들었다. 선생님은 지금부터 나의 실패 지점이 어딘지 볼 거라고 말씀하셨다. 그날 나는 20kg 무게로 데드리프트를 15개째에서 실패했다. 선생님은 지금 내 근력으로는 여기서 실패했지만, 이 실패를 하루 이틀 반복하며 개수를 늘려가다 보면 더 높은 실패 지점에 도달할 수 있다고 하셨다. "그러니까 이 실패는 단순한 실패의 의미가 아니에요. 재미있죠?"라는 나 같은 '운동 바보'는 도저히 이해할 수 없는 말과 함께.

실패 지점. 그간 들은 말 중 가장 근사한 단어다. 해석에 따라 이 실패는 한계가 되기도, 목표가 되기도 한다. 실패를 극복해 더 높은 실패로 나아가는 것이 목표라니, 운동하는 사람들이 만든 이 단어에서 엄청난 근성과 건강함이 느껴진다.

운동이란 것은 매번 내 체력의 극한까지 도달해 한계를 맛봐야 끝이 난다. 많은 사람이 운동을 중도 포기하는 이유가 매번 경험하는 그 쓴 실패의 맛 때문인지도 모르겠다. 운동은 원하는 결과물을 하루 이틀 만에 내어주지 않으니까. 하지만 실패가 단지 실패가 아니라는 사실을 알게 되는 순간부터 운동은 생각보다 재미있어지는 듯하다.

단순히 생각하면 힘든 것만 보이지만, 이유와 원리를 알고 나면 이렇게 정직하고 멋지게 받아들일 수 있다. 나는 수많은, 그리고 생각보다 가까운 지점에서 실패해 좌절을 맛볼 것이다. 하지만 운동에서의 실패는 단순한 실패가 아니라는, PT 선생님께서 말씀하신 그 사실이 이 '운동 바보'에게 아주 매력적인 동기부여가 되었기 때문에 당분간은 내 실패 지점을 견뎌 넘어보려 한다.

내일은 부디 더 큰 실패를!

Q. 혹시라도 〈다시 만난 세계〉로 데뷔를
막 하는 각자에게 해주고 싶은 이야기가
있습니까? 지금의 수영 씨가 그 당시의
수영 씨에게.
A. 저는 사실 돌아가도 똑같이 했을 것
같아서, 지금 알고 있는 걸 알려주고 싶거나
좀 더 '이렇게 해'라고 얘기할 수가 없어요.
그때는 그게 제가 할 수 있는 최선이었어요.

예능 〈유 퀴즈 온 더 블록〉 소녀시대 편, 수영

우리는 늘 최선이었다　　　그런 질문들이 많다. '과거로 돌아간다면', '과거의 나에게 하나만 알려줄 수 있다면'. 많은 사람이 과거를 후회하고 아쉬워하기 때문이다. 그런데 나는 〈유 퀴즈 온 더 블록〉에 출연해 색다른 대답을 했던 소녀시대 수영의 말에 더 크게 공감했다.

생각해보면 나는 할 수 있는 것들을 했을 뿐이었다. 어렸을 때는 부족한 것이 당연했고, 부족했기 때문에 채워야 할 것이 있었고, 그 부족한 과정을 채우기 위한 날들의 합이 지금의 나이기 때문이다. 나도 후회를 많이 하는 사람인지라 '참 잘했다'라고 말할 수는 없지만, 그땐 그게 내 나름의 최선이었다고 인정해주고 싶다.

중요한 것은 잘하는 것이 아니라 할 수 있는 것을 했냐는 것 아닐까. 그때 나는 내가 할 수 있는 거의 모든 최선을 했다. 최선의 노력에 완성도를 들이밀지 말자. 우리는 늘 최선이었다.

살면서 한 모든 선택에서 잘못된 건
하나도 없는 거 같아. 작품이 없는 기간이
2년 있었어. 〈오케이 마담〉 홍보 때문에
〈온앤오프〉 MC를 했는데,
노희경 작가님이 그걸 보고 나를 캐스팅해
〈우리들의 블루스〉를 찍었고,
〈닥터 차정숙〉 작가님은 〈우리들의 블루스〉를
보고 나를 캐스팅하셨다는 거야.
'내가 보낸 시간 동안 버릴 게 하나도 없네'라고
생각했어.

유튜브 〈요정재형〉 '요정식탁' 엄정화 편

좋은 패스는 달리는 사람에게 날아간다   엄정화는 오랜 시간 동안 가수와 배우를 병행하며 우리에게 다양한 이야기를 제공하는 아티스트 중 하나다. 대부분의 사람은 그녀가 참여했던 영화나 드라마, 음악과 예능까지 끊임없이 보고 들었다고 생각할 것 같다. 하지만 이 이야기를 듣고 보니 그녀에게도 멈춤의 시간은 있었던 것 같다.

그런 고민을 많이 했다고 한다. 가수에서 배우의 이미지를 잘 쌓아 올렸는데, 예능에 출연해 MC를 하는 것이 과연 도움이 되는지, 지금 해도 되는 일인지 하고 말이다. 하지만 나중에 돌아보니 자신이 지나온 모든 선택은 또 다른 기회를 만드는 디딤돌이 되어 있었고, 그걸 잘 딛어왔다는 것을 깨달았다는 말로 마무리했다.

돌아보면 나 또한 그랬다. 싸이월드 시절부터 영화의 명대사 모으는 걸 좋아했고, 그래서 폴더를 따로 만들어 관리했다. 그게 시간이 지나 카피라이터를 꿈꾸며 광고카피를 함께 모아두는 일로 발전했고, 경력이 변변치 않았던 나는 포트폴리오 대신 그 문장 모음집을 들고 면접에 갔다. 그 덕분에 갈 수 없을 것 같던 회사에 합격했고, 입사 이후로도 문장 모으는 습관을 꾸준히 유지했다. 그러다 책으로 엮어 지인에게 선물하기 시작했고, 출판사에까지 닿아 정식으로 책이 나오게 되었다.

15여 년 전부터 했던 사소한 행동들을 멈추지 않았기 때문에 지금의 이 책으로 독자분들이 읽을 수 있게 된 것이다. 그 과정에서 내가 매 순간 '이 선택이 옳은가'라는 잣대를 들이댔다면 무서워서 한 발짝도 못 내디뎠을 것 같다. 그저 지금 할 수 있는 일을 하는 것이 나에겐 최선이었고 그 시작은 미미했지만 지금에 와서 돌아보니 뭐 하나 버릴 게 없었던 과정의 연속이었던 것.

어쩌면 우리가 할 일은, 옳은 선택만을 찾는 것이 아니라 우리가 했던 선택을 옳은 선택으로 만드는 것일지도 모른다. "내가 보낸 시간 동안 버릴 게 하나도 없네"라는 말을 엄정화만 할 수 있는 건 아닐 것이다. 그저 묵묵히 지금 할 수 있는 것을 하다 보면 그 점들이 엮여 나만이 완성할 수 있는 새로운 그림이 생겨나지 않을까.

나를 움직인 문장들

1판 1쇄 발행 2023년 12월 28일
1판 4쇄 발행 2024년 8월 26일

지은이 오하림
펴낸이 김성구

책임편집 조은아
콘텐츠본부 고혁 김초록 이은주
디자인 이영민
마케팅부 송영우 김지희 김나연 강소희
제작 어찬
관리 안웅기

펴낸곳 (주)샘터사
등록 2001년 10월 15일 제1-2923호
주소 서울시 종로구 창경궁로35길 26 2층 (03076)
전화 1877-8941 | 팩스 02-3672-1873
이메일 book@isamtoh.com | 홈페이지 www.isamtoh.com

ISBN 978-89-464-2262-9 03810

· 값은 뒤표지에 있습니다.
· 잘못 만들어진 책은 구입처에서 교환해 드립니다.

샘터 1% 나눔실천

샘터는 모든 책 인세의 1%를 '샘물통장' 기금으로 조성하여 매년 소외된 이웃에게
기부하고 있습니다. 2023년까지 약 1억 1,200만 원을 기부하였으며, 앞으로도 샘터는
책을 통해 1% 나눔실천을 계속할 것입니다.